Weihnachten mit Rilke

Weihnachten mit Rilke

Herausgegeben von
Antje Erdmann-Degenhardt

Anaconda

Die Erstausgabe erschien 2004 im Aufbau Verlag.
 Der Text wurde unter Wahrung von Lautstand, Interpunktion sowie sprachlich-stilistischer Eigenheiten auf neue Rechtschreibung umgestellt.

MIX
Papier | Fördert gute Waldnutzung
FSC® C014496

Penguin Random House Verlagsgruppe FSC® N001967

1. Auflage
Lizenzausgabe mit freundlicher Genehmigung

produktsicherheit@penguinrandomhouse.de
(Vorstehende Angaben sind zugleich Pflichtinformationen nach GPSR.)

Umschlaggestaltung: FAVORITBUERO, München
Umschlagmotiv: © lyubava.21 / shutterstock
Satz und Layout: Achim Münster, Overath
Druck und Bindung: GGP Media GmbH, Pößneck
Printed in Germany
ISBN 978-3-7306-1542-3
www.anacondaverlag.de

Inhalt

Dezembertage eines jungen Dichters

Von Ort zu Ort, von Land zu Land

Einsame Weihnachtstage in der Schweiz

Es verging selten ein Weihnachtsfest, zu dem er sich nicht eingefunden hätte, sei es mit einem Briefe, mit guten Wünschen oder mit einem seiner neuen Bücher. Er schickte sie uns alle, Jahr für Jahr, und schrieb dazu, er wisse, es sei seinen Büchern »gut sein bei uns«.

Hedwig Fischer

Dezembertage
eines jungen Dichters

Wintermorgen

Der Wasserfall ist eingefroren,
die Dohlen hocken hart am Teich.
Mein schönes Lieb hat rote Ohren
und sinnt auf einen Schelmenstreich.

Die Sonne küsst uns. Traumverloren
schwimmt im Geäst ein Klang in Moll;
und wir gehn fürder, alle Poren
vom Kraftarom des Morgens voll.

An Clara Westhoff

[Schmargendorf, 22. XII. 1900]

Liebe Clara Westhoff, das Buch »vom lieben Gott« ist den Menschen offen. Aber gewiss ist noch kaum jemand eingetreten, und ich sende Ihnen eines der ersten Exemplare mit Weihnachtsworten und -wünschen. Zugleich folgt ein älteres Prosabuch, die »Prager Geschichten«, das ich Ihnen deshalb gebe, weil viel Kindheit (nicht als Handlung, aber als Stimmung, Angst oder Anmut) drin sich verbirgt und weil ich weiß, dass Sie's finden werden. Sie werden mit den Ihrigen sein, die Sie lieben, und echte Weihnachten haben, wie jeder, den viele nahe Menschen gernhaben, jeder auf eine andere Art. Freuen Sie sich und seien Sie froh und machen Sie alle froh: Sie könnens ja.

Ihr Rainer Maria

An der Ecke

Der Winter kommt und mit ihm meine Alte,
die an der Ecke stets Kastanien briet.
Ihr Antlitz schaut aus einer Tücherspalte
froh und gesund, ob Falte auch bei Falte
seit vielen Jahren es durchzieht.

Und tüchtig ist sie, ja, das will ich meinen;
die Tüten müssen rein sein, und das Licht
an ihrem Stand muss immer helle scheinen,
und von dem Ofen mit den krummen Beinen
verlangt sie streng die heiße Pflicht.

So trefflich schmort auch keine die Maroni.
Dabei bemerkt sie, wer des Weges zieht,
und alle kennt sie – bis zum Tramwaypony;
sie treibts ja Jahre schon, die alte Toni …
Und leise summt ihr Herd sein Lied.

An Otto Modersohn und Paula Modersohn-Becker

Westerwede, am 13. Dezember 1901

Liebe Modersohns,
wir haben gestern mittags zu unserer Überraschung eine liebe kleine Tochter bekommen. Frau Clara ist recht wohl und wir beide sind sehr glücklich.

Mit tausend herzlichen Grüßen Ihre Rilkes.

Westerwede bei Bremen,
am 24. Dezember früh 1901

Liebe Modersohns,
die Pflichten meines Hauses halten mich bei meiner lieben Frau und unserem Kinde fest, und ich kann Ihnen nur durch die Post eine Fülle herzlicher Wünsche senden: Weihnachten!

Mögen Sie Ihr erstes gemeinsames Weihnachten

recht froh empfangen und tragen und viel Freude haben an den Dingen, wenn sie glänzen vom Lichte des Baumes und Freude an Elsbeths Freude! – Und wenn die schmerzhaften Erinnerungen aus der letzten Zeit über Ihre Freude ziehen, geben Sie ihnen Gelegenheit, in dieser Stunde voll Eintracht und Einfalt, sich zu einem frommen festlichen Angedenken zu mildern und zu verklären.

Wir denken herzlich an Sie Beide. Meine Frau fühlt sich recht wohl, und die kleine Tochter wächst an Verstand und Stimme. Und unserer Ruth erstes Weihnachten ist mir, als ob es auch für mich das erste wäre, wenigstens das erste seit lange, – seit der fernen Kindheit – das erste!

Tausende herzliche und treue Grüße Ihnen Beiden von meinen Lieben und mir.

Ihr: Rainer Maria Rilke

Die Heiligen Drei Könige

Legende

Einst als am Saum der Wüsten sich
auftat die Hand des Herrn
wie eine Frucht, die sommerlich
verkündet ihren Kern,
da war ein Wunder: Fern
erkannten und begrüßten sich
drei Könige und ein Stern.

Drei Könige von Unterwegs
und der Stern Überall,
die zogen alle (überlegs!)
so rechts ein Rex und links ein Rex
zu einem stillen Stall.

Was brachten die nicht alles mit
zum Stall von Bethlehem!
Weithin erklirrte jeder Schritt,

und der auf einem Rappen ritt,
saß samten und bequem.
Und der zu seiner Rechten ging,
der war ein goldner Mann,
und der zu seiner Linken fing
mit Schwung und Schwing
und Klang und Kling
aus einem runden Silberding,
das wiegend und in Ringen hing,
ganz blau zu rauchen an.
Da lachte der Stern Überall
so seltsam über sie,
und lief voraus und stand am Stall
und sagte zu Marie:

Da bring ich eine Wanderschaft
aus vieler Fremde her.
Drei Könige mit magenkraft*,
von Gold und Topas schwer
und dunkel, tumb und heidenhaft, –
erschrick mir nicht zu sehr.
Sie haben alle drei zuhaus

* mittelhochdeutsch: »Macht« [RMR]

zwölf Töchter, keinen Sohn,
so bitten sie sich deinen aus
als Sonne ihres Himmelblaus
und Trost für ihren Thron.
Doch musst du nicht gleich glauben: bloß
ein Funkelfürst und Heidenscheich
sei deines Sohnes Los.
Bedenk, der Weg ist groß.
Sie wandern lange, Hirten gleich,
inzwischen fällt ihr reifes Reich
weiß Gott wem in den Schoß.
Und während hier, wie Westwind warm,
der Ochs ihr Ohr umschnaubt,
sind sie vielleicht schon alle arm
und so wie ohne Haupt.
Drum mach mit deinem Lächeln licht
die Wirrnis, die sie sind,
und wende du dein Angesicht
nach Aufgang und dein Kind;
dort liegt in blauen Linien,
was jeder dir verließ:
Smaragda und Rubinien
und die Tale von Türkis.

An Gerhart Hauptmann

Westerwede bei Worpswede,
am 16. Dez. 1901

Verehrter Gerhart Hauptmann,
[...] Diesen Brief begleitet nur ein kleines graues Buch mit drei Skizzen, welche an der Wende von 98/99 entstanden, aber erst jetzt erschienen sind.

Aber neben dieser sehr kleinen Gabe kommt auch die Bitte zu Ihnen, die lautet: darf ich Ihren Namen an den Eingang eines neuen Buches Gedichte (das im Frühling 1902 bei Axel Juncker erscheint) setzen, um meine Dankbarkeit für den »Michael Kramer« irgendwie zusammenzufassen und an das Beste und Liebste zu knüpfen, was die letzten Jahre mir gegeben haben? Ich werde es als ein großes Vertrauen empfinden, wenn Sie mir diese Bitte gewähren, und eine große Freude schenken Sie mir damit.

Ich denke oft und oft nach Agnetendorf, und ob es dort so ähnlich still und groß ist wie um unser verlorenes Gehöft, und ob Ihr Haus schon voll Wohnlichkeit und Wärme vollendet mitten im weißen Winter steht!

Bei uns sind die Tage lang und still, und da von außen nichts kommen kann auf den eingeschneiten Wegen, kam in diesen Tagen eine kleine liebe Tochter ins Haus wie eine Erfüllung dieser erwartungsvollen, weihnächtlichen Tage.

Und nach einigen Wochen wird wieder jeder an seiner Arbeit sein: meine liebe Frau, die Bildhauerin ist, an der ihren, ich an der meinen und unser Kind an der seinen schweren Arbeit, die darin besteht, in das Leben hineinzuwachsen, das eine Aufgabe ist vom ersten Augenblick an und eine Pflicht an die Zukunft.

Advent

Es treibt der Wind im Winterwalde
die Flockenherde wie ein Hirt,
und manche Tanne ahnt, wie balde
sie fromm und lichterheilig wird;
und lauscht hinaus. Den weißen Wegen
streckt sie die Zweige hin – bereit,
und wehrt dem Wind und wächst entgegen
der einen Nacht der Herrlichkeit.

An Franziska Gräfin zu Reventlow

Westerwede bei Worpswede,
am 18. Dez. 1901

Meine Freundin,
wir haben Ihren großen Brief dankbar empfangen und von allen Ihren Erlebnissen gehört und von allen Verschwörungen des Zufalls gegen Sie: aber schließlich kommt es auch diesmal so, dass Sie aller Umstände mächtig waren und es bewiesen haben, dadurch, dass Sie jetzt mit Ihrem lieben Rolf [dem 1897 geborenen Sohn] in der Einsamkeit sitzen und an der Lebensgeschichte von Ellen Reventlow [dem Roman »Ellen Olestjerne«] schreiben! Möge es Ihnen gelingen, das Buch bis März fertigzustellen: ich bin überzeugt, dass es etwas Schönes und Gutes, ein Buch voll Reife und Reichtum sein wird: ein Buch wie der beste Inhalt Ihres Lebens. Wenn Sie mir es einmal zum Lesen anvertrauen wollen – seinerzeit, will ich wohl an Fischer (der mir immer sehr freundlich begegnet ist) einen Brief darüber schreiben, falls es Ihnen recht ist. Ich

weiß nicht, ob das die Sache etwas fördern wird, aber den Versuch würde ich wenigstens gerne gemacht haben! Und dann, wenn Sie wegen des Buches nach Berlin kommen, liebe Gräfin, dann müssen Sie noch die wenigen Stunden weiter nordwärts bis Bremen fahren, zu unserem Hause. Aus mehrfachen Gründen. Besonders aber deshalb, weil wir seit dem 12. Dezember eine kleine Tochter haben: Ruth, Ruth Rilke, welche Sie und Rolf bald sehen müssen!

Meine liebe Frau, die sich recht gut fühlt, grüßt Sie herzlich und freut sich, auch Rolf einmal zu sehen! Was soll ich Ihnen von Ruth sagen? Sie hat dunkles Haar, ganz dunkelblaue Augen, eine ernste Stirne und ganz wunderschöne Hände. Aber: Sie wissen ja, wie das ist, wenn man von einem lieben, eigenen Kinde spricht, die Worte sind zu groß und zu eng zugleich, zu grob, zu ungelenk, um das auszudrücken, was man meint.

Jedenfalls ist das Leben ganz neu mit einem Schlag: um eine neue Zukunft, um ein ganzes Leben reicher! Wir fühlen dieses Glück groß und fühlen uns weihnächtig wie nie! Mein neues Novellenbuch »Die Letzten« sende ich Ihnen später, gleichzeitig mit dem Drama »Das tägliche Leben«.

Die Premiere dieses letzteren ist übermorgen, Freitag. Aber ich geh jetzt natürlich keinen Schritt aus unserem beschenkten Hause hinaus! Das können Sie sich denken! Gute Weihnacht! Liebste Freundin:

Ihnen und Rolf ein paar Verse zum Christbaum.

Ihr

Rainer Maria Rilke

Die hohen Tannen atmen heiser

Die hohen Tannen atmen heiser
im Winterschnee, und bauschiger
schmiegt sich sein Glanz um alle Reiser.
Die weißen Wege werden leiser,
die trauten Stuben lauschiger.

Da singt die Uhr, die Kinder zittern:
Im grünen Ofen kracht ein Scheit
und stürzt in lichten Lohgewittern, –
und draußen wächst im Flockenflittern
der weiße Tag zur Ewigkeit.

An Otto Modersohn

Paris, am Silvester-Tage 1902

Mein lieber Otto Modersohn,
meine Absicht, Ihnen die Monographie auf den Weihnachtstisch zu legen, ist arg vereitelt worden. Zwei Tage vor dem vierundzwanzigsten erfuhr ich, dass der Verlag dieses Buch (wegen mir unbekannter technischer Schwierigkeiten) erst im Januar fertig drucken wird. Das tut mir sehr leid; denn lange freute ich mich darauf, Ihnen das Monographie-Buch zum Weihnachtsfeste in Ihr liebes einsames Land zu senden. Noch bis zum letzten Augenblick hoffte ich es, und nun fehlt mir die Freude, die mir diese Gabe gemacht hätte, allerorten ... Ich denke an Ihren Geburtstag und wünsche, Velhagen möchte bis dahin fertig sein.

So haben wir uns zu Weihnachten gar nicht weiter gerührt; denn es war für uns ja auch kein richtiges vollgültiges Fest, – nur eine Art stiller Gedenktag, der uns in der Einsamkeit leise verging. Von unserem lieben Kinde kamen sehr gute Nachrichten zu uns: das machte unsere Stunden hell und gab ihnen eine gute Zuversicht. – Aber auch an Sie beide haben wir mit Wünschen herzlich gedacht, am Festabende, und wir tun es auch heute an eines vielfältigen Jahres letztem Ausklang. Wir wünschen, dass Sie und Ihre liebe Frau in diesen Stunden ein gutes Jahr gut beginnen möchten, ein reiches Jahr für Ihre zukunftsvolle Kunst, lieber Otto Modersohn, für jeden von Ihnen beiden und für Ihre Gemeinsamkeit – kurz: in jeglichem Sinne und Werte ein gutes Jahr. [...]

Nun also, nochmals Ihnen beiden von uns beiden alles Liebe, Anhängliche, Herzlich-Gute! Grüßen Sie Ihre liebe Frau und seien Sie gut Ihrem immer treu und dankbar ergebenen Rainer Maria Rilke.

Die letzte Seite seines kleinen dichtbeschriebenen Briefes hat Rainer Maria mir noch leer gelassen, und ich verwende sie gern dazu, um Ihnen noch selbst meine herzlichen Grüße und Wünsche zu sagen. Diese Tage nach Weihnachten scheinen mir immer ein so guter und wirklicher Beginn eines neuen Jahres, wo man in dieser dunklen winterlichen Zeit die Tage wieder länger werden fühlt, mehr fühlt als sieht – und sich schon berechtigt glaubt, einen neuen fernen Frühling mit tiefen glücklichen Empfindungen zu ahnen. Nehmen Sie beide meine guten Wünsche zu diesem leisen und geheimnisvollen Beginn.

Ihre Clara Rilke.

Der Abend kommt von weit gegangen

Der Abend kommt von weit gegangen
durch den verschneiten, leisen Tann.
Dann presst er seine Winterwangen
an alle Fenster lauschend an.

Und stille wird ein jedes Haus:
die Alten in den Sesseln sinnen,
die Mütter sind wie Königinnen,
die Kinder wollen nicht beginnen
mit ihrem Spiel. Die Mägde spinnen
nicht mehr. Der Abend horcht nach innen,
und innen horchen sie hinaus.

Worpswede im Winter

Denn die Welt Kaulbachs war allzu weit entfernt von jener Welt, in die Mackensen schon einen Blick getan hatte, als er im Jahre 1884 zuerst Worpswede sah. [...] Mit einem lieben Genossen, dem Maler Otto Modersohn, kam er im Juni 1889 wieder nach Worpswede. [...]

Sie gingen an die Arbeit, einer dem anderen helfend, einander begreifend, wetteifernd miteinander. Bald kam als dritter Hans am Ende hinzu. Und sie fühlten alle, dass dies der Anfang eines neuen Lebens war, und dass sie ganz ebenso wie jene Kolonisten, die aus dem Knechtdienste um der Freiheit willen herübergekommen waren, sich ein neues Land voll Heimat und Zukunft urbar machten. Der Sommer verging mit Schauen und Staunen. [...]

So brach der erste Worpsweder Winter an. In dem großen Bauernhofe der Witwe Behrens wurde den jungen Malern ein wohnliches Heim bereitet, und man hielt sie dort wie die Söhne des Hauses. Hans am Ende war nur zeitweilig da, aber die beiden anderen erlebten das ganze langsame Verklingen des Herbstes, gingen zusammen durch die großen Stürme des November und fanden sich an den langen Abenden, wenn der Teekessel summte, in der warmen wohnlichen Stube ein. War man im Sommer und Herbst meistens schweigend draußen umhergegangen, jeder für sich suchend, findend und lauschend, so kam nun eine Zeit der Gespräche und der Auseinandersetzungen, die sich oft in dem vom Qualm der langen Pfeifen ganz unwegsam gewordenen Zimmer weit in die stürmische Nacht hinein ausdehnten. Was wurde da nicht alles erörtert! Die Eindrücke des Sommers stiegen auf, wurden verglichen, geprüft, aneinandergehalten. Man suchte sich klar zu werden, was an diesem und jenem Motiv das Zwingende, das Überzeugende war. Weshalb es wirkte und worin seine Wichtigkeit lag. Man gedachte Böcklins, der das Tiefste und Wesentlichste aus der Natur herausholte und der es so selig zu sagen verstand. Erinnerungen aus Rembrandt stiegen auf und verbanden sich damit; die Landschaft in Braunschweig mit dem großen Gewitter und die Radierungen, vor allem diese. Und wenn man, ganz erschöpft von Gesprächen, nicht mehr weiter konnte, las man.

Von Ort zu Ort, von Land zu Land

An Franz Xaver Kappus

Rom, am 23. Dezember 1903

Mein lieber Herr Kappus,
Sie sollen nicht ohne einen Gruß von mir sein, wenn es Weihnachten wird und wenn Sie, inmitten des Festes, Ihre Einsamkeit schwerer tragen als sonst. Aber wenn Sie dann merken, dass sie groß ist, so freuen Sie sich dessen; denn was (so fragen Sie sich) wäre eine Einsamkeit, welche nicht Größe hätte; es gibt nur eine Einsamkeit, und die ist groß und ist nicht leicht zu tragen, und es kommen fast allen die Stunden, da sie sie gerne vertauschen möchten gegen irgendeine noch so banale und billige Gemeinsamkeit, gegen den Schein einer geringen Übereinstimmung mit dem Nächstbesten, mit dem Unwürdigsten ... Aber vielleicht sind das gerade die Stunden, wo die Einsamkeit wächst; denn ihr Wachsen ist schmerzhaft wie das Wachsen der Knaben und traurig wie der Anfang der Frühlinge.

Aber das darf Sie nicht irre machen. Was nottut, ist doch nur dieses: Einsamkeit, große innere Einsamkeit. In-sich-Gehen und stundenlang niemandem begegnen, – das muss man erreichen können. Einsam sein, wie man als Kind einsam war, als die Erwachsenen umhergingen, mit Dingen verflochten, die wichtig und groß schienen, weil die Großen so geschäftig aussahen und weil man von ihrem Tun nichts begriff.

Und wenn man eines Tages einsieht, dass ihre Beschäftigungen armselig, ihre Berufe erstarrt und mit dem Leben nicht mehr verbunden sind, warum dann nicht weiter wie ein Kind darauf hinsehen als auf ein Fremdes, aus der Tiefe der eigenen Welt heraus, aus der Weite der eigenen Einsamkeit, die selber Arbeit ist und Rang und Beruf? [...]

Feiern Sie, lieber Herr Kappus, Weihnachten in diesem frommen Gefühl, dass Er vielleicht gerade diese Lebensangst von Ihnen braucht, um zu beginnen; gerade diese Tage Ihres Überganges sind vielleicht die Zeit, da alles in Ihnen an Ihm arbeitet, wie Sie schon einmal, als Kind, atemlos an Ihm gearbeitet haben.

An Karl und Elisabeth von der Heydt

Capri, Villa Discopoli, am 11. Dezember 1906

[...] seit einer Woche bin ich hier, und so lange wollte ich wenigstens warten, um Ihnen außer den Grüßen, die ich oft zu Ihnen hindenke, schon etwas von den Eindrücken und nichts allzu Ungerechtes und Momentanes berichten zu können. Nun aber versuch ich ein paar Impressionen. Da ist zunächst meine allernächste Umgebung, und die ist voll Entgegenkommens. Die Hausherrin tut in sehr gütiger Weise alles für mein Wohlbefinden und gibt mir so viel Freiheit und Recht zur Selbstbestimmung, dass ich viel Alleinsein einrichten kann, halbe Tage lang und, wenn es nötig sein wird, mehr. (Mein Inneres war doch monatelang ausgerenkt, merk ich, und das Alleinsein stellt zunächst nur eine Art seelischen Gipsverband dar, in dem etwas heilt.) Aber nichts ist so wichtig wie das; schon auf der langen Reise empfand ichs. Es gibt vielleicht nichts so Eifersüchtiges wie meinen Beruf; und nicht ein Mönchsleben wäre meines in eines Klosters Zusammenschluss und Abtrennung, wohl aber muss ich sehen, nach und nach zu einem Kloster auszuwachsen und so dazustehn in der Welt, mit Mauern um mich, aber mit Gott und den Heiligen in mir, mit sehr schönen Bildern und Geräten in mir, mit Höfen, um die ein Tanz von Säulen geht, mit Fruchtgärten, Weinbergen und Brunnen, deren Grund gar nicht zu finden ist. Aber weiter im Wesentlichen. Mein Alleinsein ist unterstützt durch den Umstand, dass der Raum, den ich bewohne, ganz abgesondert in einem besonderen Häuschen sich befindet, etwa fünfzig Schritte von der Villa selbst. Vorläufig bin ich der einzige Gast; um den 22. wird die Baronin Rabenau und die junge Gräfin Manon Solms-Laubach erwartet, worauf das Haus komplettiert sein wird, ohne dass späterer Zuwachs absehbar bevorsteht [...] Mein Wohnraum ist einfach und sehr sympathisch und hat schon eine natürliche Anhänglichkeit an mich, für die ich ihm dankbar bin.

[...] niemand als Sie weiß, was ein vollkommenes Alleinsein, Unbeobachtet-, Ungesehen-, Unsichtbarsein für mich ist. Drei Tage in Neapel ging ich damit wie mit einem Kleinod um in all der herrlich fremden Welt.

An Hedwig Fischer

Capri, Villa Discopoli, 14. Dezember 1906

Liebe und verehrte Frau Fischer,
die Menschen, die meine Abneigung gegen Post- und Ansichtskarten nicht teilen, haben es leicht, dankbarer auszusehen und ihrer Freunde besser eingedenk. Sie haben es viel mehr in der Hand, dann und wann sichtbare Beweise ihrer Anhänglichkeit von sich zu geben, und man kann nicht anders als ihnen glauben. Aber Sie glauben mir auch so: glauben mir, dass ich mich Ihrer oft und auf das Dankbarste erinnert habe, seit ich fort bin, und vermögen es, in diesem wenig ausführlichen Schreiben eine Kompensation solcher Einzelmomente zu erkennen –: nicht wahr? Ich wollte meinen Brief eigentlich mit einem gewissen weihnachtlichen Wunsche verbinden, mit dem ich mich in Ihrem Hause einzustellen gedachte; aber ich schreibe schon heute, weil wir jeden Augenblick, vom Sturm verschluckt, dem Festlande unerreichbar, ohne Postverbindung sind; das kann, nach einem ruhigeren

Tag, tagelang vorhalten, und so ist es ganz unmöglich, einen bestimmten Termin vorzunehmen, zumal gerade dieser einem hier so wenig zum Bewusstsein kommt, dass man ahnungslos über ihn fortleben könnte. Sie glauben nicht, wie wenig man sich hier (von den persönlichen Erschwerungen ganz abgesehen) Weihnachten vorstellen kann; während sonst diese Vorstellung so leicht an die Oberfläche steigt, leichter als alles andere, von allem getragen; selbst in den ärmsten Kindern, die frieren und hungern, kommt sie herauf; ja, als ich eines Weihnachtsabends einmal allein in einer fremden Stadt herumging, völlig unparteiisch, da schien mir, als hätten sogar die Hunde Anteil daran und erwarteten etwas einigermaßen Wunderbares, ihrem Geschmack und Vorstellungsvermögen entsprechend. Nun, ich habe Gelegenheit gehabt, hier schon eine Menge Hunde zu sehen, und ich versichere Sie, sie erwarten durchaus nichts für die nächste Zeit. Wie sollten sie auch?

Es gibt hier ja allerhand von solchen Vorstellungen Ablenkendes: Rosen, die blühen, besonders einen ganzen ungeheuren Knospenvorrat, wie für eine Duft-Hungersnot aufgespeichert. Die Orangenernte ist eben vorbei, da und dort sieht man noch welche in dem dunklen, vornehmen Laub. Das Meer ist da, bald auf der, bald auf jener Seite, manchmal auf beiden, wie im Spiegel, und die Berge schieben sich davor hin und her, pompös, selbstbewusst, wie es sich gehört. Aber nun dürfen Sie nicht meinen, dass ich etwas gegen diese Umgebung einzuwenden hätte, so wie sie sich gibt, weil ich nicht die Sprache der Bewunderung annehme. Man gerät von vornherein in eine gewisse Opposition gegen das, was hier in dieser Beziehung geleistet wird; es hat Spuren zurückgelassen, mehr: Begeisterungs-Löcher, in die Tausende hineingefallen sind, um sich recht vergnügt herauszustrampeln. Das verstimmt. Und gerade das deutsche »Gemüt« hat sich hier in einer Weise gehen lassen – –

Neapel tat wohl dagegen, weil es diese Einflüsse nicht so sehr annimmt, sein Leben lebt, ziemlich rücksichtslos, während dieses arme Eiland der Bewunderungs-Armee unterlegen ist, die sich Jahr für Jahr darüber ergoss.

Diefenbach ist noch hier, und alles hat sich an seine Eigensinnigkeiten gewöhnt, wie man eben dabei ist, sich an Gorki zu gewöhnen, der sich als Anarchist feiern lässt, aber angenehmerweise vorderhand statt Bomben Geld unter die Leute wirft, haufenweise. Das sind die paar Eindrücke, die ich zum Vorwand nehme, um alle die vielen Grüße zu Ihnen hinüberzubekommen, die Ihnen, Herrn Fischer, den Kindern, dem ganzen lieben schönen Haus gehören.

In aufrichtiger Ergebenheit

Ihr R. M. Rilke.

An LILI *Gräfin von Kanitz-Menar*

Capri, Villa Discopoli, Italien, am 18. Dez. 1906

[…] es musste mir ja endlich zum Bewusstsein kommen, wie rasch, ohne jede Hemmung gleichsam, Weihnachten diesmal näher kommt; dass ich Ihnen (wenigstens und spätestens) zum Fest schreiben würde, bestand bei mir als ausgemacht; nun aber muss ich mich eilen, wenn ich es einrichten will, dass der Brief Sie auf alle Fälle rechtzeitig findet, selbst dann, wenn Sie nach Pommern reisen sollten. Ich weiß ja nichts, – nicht einmal, ob ich Sie dazu in Ihren wohlbekannten, traulichen Stuben denken soll, oder ob Sie anderswo in einer Umgebung sein werden, wohin ich Sie mit meinen Gedanken, mangelnder Anhaltspunkte halber, nur ganz im Allgemeinen begleiten kann. Trotzdem: das weiß ich, dass Sie Weihnachten feiern werden, ähnlich wie ich, ziemlich allein oder sehr allein (wie man es an diesem Abend mit einer ganz besonderen Nuance sein kann), mehr in sich hinein als aus sich heraus, nicht eigentlich als Feier, sondern als eine Art von Festbereitschaft, in der man wünscht, andere möchten Grund und Fähigkeit zu feiern in sich finden, und zittert, ob es ihnen gelingen werde. Sie sind ja stark genug und frei genug, auch den ein wenig unerwartet eintretenden Sentiments gegenüber, um trotzdem nicht traurig und resigniert zu sein, wie die Menschen es früher mit ein wenig schmerzlicher Nachgiebigkeit so gern waren, und Sie haben gerade in Ihrer Natur Kraftquellen und Quellen großer instinktiver Lebensfreudigkeit, die Sie oft anderen zugewendet haben, deren ganze Stärke und Klarheit schließlich aber doch (und ich meine zu fühlen) von Jahr zu Jahr mehr in Ihr eigenes Dasein eingehen wird, es mit großer, voller Bewegung erfüllend. Im Aussprechen dieser Empfindung mögen Sie die Wünsche erkennen, die ich Ihnen, liebe Freundin, zum Feste und zum Jahreseingang zudenke, und die so wenig allgemein und unpersönlich sind, dass ich Sie nur so, in Form dieser nahen und herzlichen Einsicht, bewältigen konnte.

Ich werde meine Lieben in ein paar guten, einfachen Gedanken, über alle Ferne hin, zusammenzufassen versuchen, nicht anders, wie ich es so oft tue, und im Übrigen wenig weihnachtlich sein, wozu dieser fröstlige Süden auf die natürlichste Weise verhilft. Sie haben keine Vorstellung, was die Winde hier aufführen an Wehen und Gegenwehen, und wie kalt es hier sein kann. Man glaubt, die eigenen Augen lügen einem Rosen und Orangen vor, und wenn man ab und zu die Hand vor die Augen hält, um die lange Lügenkette zu unterbrechen, die sie da fortfahren in den Sturm hinauszuprojizieren, so merkt man erst, wie kalt diese Hand ist. – Aber die gütige Gastfreundschaft tut alles, um Rosen und Orangen, wenigstens in den Interieurs des Hauses und der Stimmung, dennoch glaubhaft zu machen: mein »Rosenhäusl« ist wirklich eine Welt für sich, und ich habe auch Recht und Freiheit, diese Weit so isoliert auszugestalten, wie ich es jetzt, in meiner großen Sehnsucht nach langer Einsamkeit, so sehr nötig habe.

An Clara Rilke-Westhoff

Capri, Villa Discopoli, am 19. Dez. [1906] abends

[…] kann man am Abend Weihnachten einen Brief lesen; aber vor allem: wie soll man vier Tage vorher einen schreiben, der an diesem Abend gelesen werden kann? Ich schreibe nicht an Ruth. Nicht ich bin es ja, der zu ihr reden soll, auch Du bist es nicht, obwohl Du neben ihr sein wirst und ihr feines weiches Haar an Deiner Wange fühlen wirst, wenn Ihr zusammen in den Baum hineinschauen werdet, der zu Euch reden soll, zu ihr vor allem, dem lieben, lieben Kind, das nun, wenn Du sie wiedersiehst, schon ein wenig weiter an Dir emporreichen wird und tiefer in Deine Hand hinein. Sieh sie gut wieder […] sieh sie nicht allein mütterlich wieder, sieh sie auch mit Deinen ernsten Arbeitsaugen an: dann wirst Du ganz froh sein können. Vor diesen Augen wird dieser Abend vollkommen sein, und es wird Dir, wenn Du Dich nicht verwirren lässt, nicht befremdlich und nicht bange scheinen, dass ich nicht wirklich neben Euch stehe: […] nichts,

nichts kann mich ja hindern, um Euch zu sein, sodass Ihr mich empfindet; und wenn ich wirklich da war sonst, so war doch (von jenem ersten Weihnachtsabend in Westerwede abgesehen) immer vieles von mir, was nur vorwurfsvoll dabeistand, was, wenn auch nicht im letzten Augenblick, so doch noch eine Stunde vorher, gerne hätte allein sein mögen, fern, weiß Gott wo. Dieses Gesicht, das Deinem begegnete und von Ruths lieben kleinen Händen manchmal genommen und an eine feste, warme, frohe Wange gehalten worden war, dieses Gesicht fühlte sich so unfertig auch an jenem Abend, und war es ja auch. Dieses Gesicht müsste in Einsamkeit sein, viel hinter seinen Händen, viel im Dunkel. Es müsste für seine Gedanken da sein und aus seinen Gedanken hinausschauen zu niemandem hin, ein Stück Himmel findend, einen Baum, einen Weg, etwas Einfaches, wobei es anfangen kann, etwas, was ihm noch nicht zu schwer ist; wie oft, wenn Ihr es ansaht [...] ist es ein in seiner Unfertigkeit zerstreutes gewesen, eines, das nicht tief genug nach innen und nicht weit genug nach außen gegangen war, ein auf halbem Wege stehen gebliebenes Gesicht, wie ein nur teilweise belegter Spiegel, an manchen Stellen spiegelnd, an anderen durchsichtig, und Ihr habt nie darin die Größe Eueres Vertrauens und das Ganze Euerer Liebe gesehen, das aufzunehmen es nicht fähig war. Aber wenn es Euch einmal besser soll zurückgegeben werden, so muss noch lange, Nacht und Tag, daran gearbeitet werden. Für diese Weihnachten ist es nicht fertig geworden. Aber es ist in guten Händen, und wenn es ein wenig weiter ist, sollt Ihrs wiedersehen, und dann wird jedes Mal auch etwas wie Weihnachten sein; jedes Mal, auch mitten im Jahre.

Erinnerst Du [...] unsere beiden verhaltenen Weihnachtsabende? (den in der rue de l'Abbée de l'Epée, den im römischen Studio al Ponte, die beide ja so viel weniger gültig waren, weil keiner von uns bei Ruth an der Stelle sein konnte, wo alles von selbst zu Weihnachten wird, wenn die Stunde kommt) – wie sehr haben wir damals schon gefühlt, dass wir unsere Arbeit so tief mit uns vermischen müssen, dass ihre Werktage aus sich heraus zu Festen führen, zu unseren eigentlichen Festen. Alles andere ist ja nur ein Stundenplan, wie wir ihn in der Schule gehabt haben; lauter, lauter Festgesetztes und die leeren Stellen für den Sonntag und für Weihnachten und Ostern. Leere Stellen, die man mit etwas anfüllt, was zu dem Anderen, Ausgemachten in Widerspruch steht; und so ein bisschen als Ferien, haben wir alle jene Gezeiten immer noch aufgenommen, die mit dem Kalender heraufkamen, uns zerstreuend an ihnen und das Ende immer gerne hinausschiebend, obwohl wir doch schon ein Vorgefühl hatten jener aus dem eigenen Herzen stammenden Feste, die kein Widerspruch sind zu den Wochen, die sie unmerklich herbeiführen, und keine Zerstreuung und kein Hinzögern unbestimmter Tage. Nur einmal vielleicht, seit wir zusammen sind, fiel beides in dieselbe Zeit. Du weißt wann. Am zwölften hab ich jenes unbeschreiblich Weihnachtliche so stark wieder durchlebt, das damals unser einsames Haus erfüllte und nicht aufhörte, darin zuzunehmen, sodass man hätte glauben mögen, es müsse schon weit darüber hinausreichen in die kalten Tage hinein, in die langen Adventnächte; es müsse sichtbar sein selbst für die, die ferne vorüberfahren, und alles verändert haben, sodass Menschen von weit herüberkommen und schauen. Aber niemand kam, und was da stand, war nichts als ein kleines Haus, mit einem riesigen dichten Dach überhäuft, das den Menschen alltäglich schien, von dem die Engel aber vielleicht wussten, dass es die richtigen Maße habe, die, mit denen der große Raum, der es umgab, von ihnen durchmessen wird. Es war wie der kleinste Teil jenes unendlichen Maßstabes, die Maßeinheit, die immer wiederkommt und mit der man bis ans Ende reichen kann, ohne etwas anderes hinzuzufügen als immer wieder dasselbe.

Du weißt […] was mir in meiner frühen Kindheit Weihnachten war; selbst noch dann, als die Militärschule mir ein wunderloses, hartes, unbegreiflich boshaftes Leben so glaubhaft vortäuschte, dass mir keine andere neben jener unverschuldeten Wirklichkeit möglich schien; selbst dann noch war Weihnachten wirklich und war das, was mit einer Erfüllung herankam, die über alle Wünsche hinausging, und wenn es über die äußersten letzten nie noch gewünschten hinaus war, dann begann es erst recht, dann faltete es, das bisher gegangen war, Flügel aus und flog, flog, bis es nicht mehr zu sehen war und man nur noch die Richtung wusste, in dem großen fließenden Licht.

Und alles das hatte noch immer, immer noch Macht über mich. Und in jedem dieser Jahre, wenn ich für uns oder für Ruth ein Weihnachten aufbaute, so verachtete ich ein wenig mein Gebautes, weil es so weit hinter jenem Wunder zurückblieb, von dem ich wusste, dass es in meiner Fantasie nicht willkürlich und hemmungslos gewachsen war: so groß, so unbeschreiblich war es schon immer gewesen.

Und nun saß ich am zwölften lange und dachte; dachte an die ganze tiefe Gnadenzeit, die damals durch unsere Herzen ging. Fühlte den Vorabend wieder im Wohnzimmer; den Morgen, den frühen erst, bei der Kerze, in dem das Neue anstieg, wie eine Überschwemmung Angst verbreitend und Schrecken; dann den späteren Morgen im Winterlicht mit seiner völlig neuen Ordnung, mit seiner Ungeduld, seiner bis ans Äußerste angespannten Erwartung, die an den kleinen, momentanen und greifbaren Erfüllungen zu immer stärkerer Spannung wuchs; dann dieser ganze steile Vormittag, als ob man einen Berg rasch, viel zu rasch hinanmüsste, und endlich in all dem Unwissen, nicht Vorstellbaren, nicht Möglichen: etwas Wirkliches, eine Wirklichkeit, die in unerhörter Weise mit dem Wunderbaren verbunden, von ihm kaum zu unterscheiden war und doch wirklich. Und danach endlich, allmählich sich ausbreitend, eine Erleichterung, die erst wie jene Erleichterung aufgenommen wurde, die kommt, wenn ein Schmerz aussetzt, und doch eine ganz andere, andauernde war, wie sich später zeigte. Und nun plötzlich ein Leben, auf dem man stehen konnte; nun trug es einen und wusste von einem, während es trug. Was wäre ich ohne die Stille, die damals in mir entstand; was ohne dieses ganze Erlebnis, in dem Wirklichkeit und Wunder dasselbe geworden waren; was ohne diese Wochen der Hingabe, bei der ich zum ersten Mal nicht verlor; was ohne diese schlichten Dienste, die eine Bereitschaft in mir aufweckten, von der ich nicht wusste; was ohne diese Nachtwachen: wenn die Nacht, die Winternacht, mir kalt auf den Augen lag, die ich schloss, einen fernen Stern draußen durch das Rankenwerk der Weinlaube mit hereinziehend in dieses Schließen; wenn einfach Stille war, Stille von jener größten Stille, die ich noch nicht kannte, während vor diesem Hintergrund die kleinsten der unbegreiflich neuen Geräusche sich mit klarer Deutlichkeit abzeichneten.

Kaum je hat einer, der nicht arbeitete, mit so viel Recht und Eifer, mit so inständigem Stillhalten gewacht, wie ich damals, da, wie ich jetzt weiß, an mir gearbeitet wurde. Wie eine Pflanze, die ein Baum werden soll, ward ich damals aus dem kleinen Gefäß herausgenommen, vorsichtig, während Erde abfloss und etwas Licht zu meinen Wurzeln kam, und wurde endgültig eingesetzt an meine Stelle, dort, wo ich stehen bleiben sollte bis in mein Alter, in die große, ganze, wirkliche Erde.

Und als ich dann am zwölften weiterdachte, und dachte, dass dann Weihnachten kam, da fiel mir nur dieses Weihnachten ein, die Diele nur, die so groß und helldunkel war bis an den hellen, großen Baum heran, zu dem Du eine Weile herantratest, schnell, mit einer Unsicherheit, die wieder ganz mädchenhaft war, mädchenhafter als alles, das kleine Köpfchen an Dein schönes Gesicht haltend und mit ihm in den Glanz hinein, den Ihr beide nicht sehen konntet, jedes von seinem eigenen Leben erfüllt und von dem des anderen.

Da erst merkte ich, dass mir dieses Weihnachten noch da war und nicht wie eines, das einmal war und vergangen ist, sondern wie ein immerwährendes, ewiges Weihnachtsfest, zu dem das innere Gesicht sich hinwenden kann, sooft es seiner bedarf. Auf einmal war Freude und Seligkeit und Erwartung der anderen klein geworden dahinter; als wären das mehr meines treuen guten Vaters Weihnachten gewesen, seines besorgten, fürsorgenden Herzens eigenstes Fest. Dieses aber war meines: in seinem Helldunkel, seiner Stelle und Unwiederholbarkeit [...]

Aus diesem allem entstand mir auch die Fähigkeit, diese Weihnachten einmal allein und doch nicht bange oder traurig zu sein. Nun schreibe ich nicht weiter, sondern denke nur noch, und Ihr werdet es fühlen.

An die Cousine Irene von Kutschera

Capri, Villa Discopoli (Italien), am 20. Dez. 1906

Deine Karte ist heute hier eingetroffen und hat nicht verfehlt, mich auf das Herzlichste zu berühren. Es ist gut von Dir, und ich empfinde es mit Dankbarkeit, dass Du meiner Dich erinnert hast, auch diesmal wieder und besonders diesmal, da ich es nicht ganz leicht habe, über alle die Erinnerungen fortzukommen, die mit Weihnachten heraufsteigen und die, wenn man einsam ist, recht hartnäckig und eigensinnig darauf bestehen, durchfühlt zu werden. Nun, ich fürchte mich auch nicht davor, es tut nur gut, eine oder die andere bekannte Stimme zu hören –: und da ist Deine der treuesten eine. Vielen herzlichen Dank.

Es erheben sich in mir oft Vorwürfe darüber, dass ich Euch nicht öfter schreibe; so sieht es wie eine Phrase aus, wenn ich von aufrichtiger Zugehörigkeit reden wollte. Und doch ist sie da. Aber es liegt an den Umständen, dass sie sich so wenig beweisen lässt. Wenn man sich jahrelang nicht gesehen hat, so fehlen alle Details und Einzelheiten, um an sie anzuknüpfen, und es hätte ja etwas Gezwungenes und Absichtliches, unvermittelt damit zu beginnen. Ganz allgemeine Nachrichten aber helfen ja nicht über die äußerliche Entfremdung hinweg, die nur im unausgesprochenen und im Grunde unaussprechbaren Zusammengehörigkeitsgefühl ihr Gleichgewicht hat. Ich wünsche aufrichtig, dass ein Wiedersehen uns eines Tages erlauben möge, auf dieses alte, gute Gefühl eine Probe zu machen.

Einen guten Festabend Dir, liebe Irene, und einen guten Jahresanfang.

An Elisabeth von der Heydt

Capri, Villa Discopoli, am 24. Dezember 1906

Das war sehr, sehr lieb, dass Sie an mich gedacht haben; die Post hat ein Übriges getan, indem sie mir Ihre Karte eben jetzt, am 24. nachmittags, auslieferte, zu einer Zeit, da man so ein bisschen zur Erwartung hinneigt, selbst jetzt noch. Und da wars gerade das Richtige. Ich schreibe ganz rasch diese paar Worte, damit Sie sie noch erhalten, solange Sie alle beisammen sind [...] Was die Sonne anlangt, mags Ihnen wie uns ergangen sein: auch hier ist sie nicht ohne Weiteres zu haben, Sturm und Ungemach mussten ertragen werden, und zwar nicht Schnee, aber Schneekälte im Wind von den Bergen her. – Ich lache nicht über Ihre Lesekur. Rührend find ichs, wie Ihre Energie auch das bewältigt, nur tut mirs leid, dass es meine alten, stellenweise recht dummen Bücher sind, die den Gegenstand dieses Eifers ausmachen.

An Samuel Fischer

Capri, Villa Discopoli, am 25. Dez. 1906

Sie haben mir ein sehr schönes Buch auf den fernen Weihnachtstisch gelegt, und indem ich Ihnen, meinem Bedürfnis folgend, gleich danke, komme ich mir, um der folgenden Aufrichtigkeit willen, sehr undankbar vor. Ich kann sie trotzdem nicht unterdrücken, einerseits im Gefühl, dass Sie sie, in Ihrer Herzlichkeit, nicht übel nehmen, und andererseits, weil Ihr Verlag so viel mir äußerst Begehrenswertes enthält, dass ich der großen Versuchung nicht widerstehen kann, Ihr liebes Geschenk wirklich so willkommen werden zu lassen, wie es sein kann, und wie es von Ihnen beiden mir zugedacht war. Mit einem Wort: Ich habe die Erlösungen, gleich nach dem Erscheinen, von Dehmel selbst bekommen und hätte deshalb lieber etwas anderes von Ihren schönen neuen Büchern.

Darf ichs sagen, dass ich mir den ersten Band der Hauptmann-Ausgabe sehr herzlich wünsche? Aber wenn Sie mir, Ihrem Gefühl nach, den Dehmel-Band lieber gegen etwas anderes umtauschen wollen, so will ich nicht dazwischenreden, sondern mich auf alle Fälle freuen. Die Erlösungen gehen morgen sorgfältigst zurück.

Meine Frau schrieb mir noch vor ihrer Abreise, dass Ihre liebe Gemahlin und Sie auch so freundlich an Ruths Weihnachtstisch gedacht hätten mit Bausteinen und Tongeschirr; das finde ich wirklich herzlich gut von Ihnen beiden und danke es Ihnen umso mehr, als ich diesmal aus all der Ferne für des lieben Mädchens Fest und Freude wenig oder nichts habe leisten können, – nichts, als alle meine Gedanken bei den Lieben verweilen lassen – Sie können sich denken, wie sehr.

Hier gabs eine große Bescherung von an vierzig Capreser Kindern im Lichtschein eines riesigen, mit lebenden Rosen geschmückten Pinienbaumes und hernach einen stillen, einsamen Abend. Schön wird es bei Ihnen gewesen sein in dem warmen, wohnlichen Hause, und Gerhards und Tuttis Freude und Glück kann ich mir in diesem Rahmen so gut vorstellen.

An Clara Rilke-Westhoff

Capri, Villa Discopoli (Italien), am 1. Januar 1907

Der heutige Morgen fing so strahlend an, nun wird ein grauer Tag daraus; aber zuerst war ein Glänzen wie von einem ganz neuen, nie gebrauchten Jahr. Und die Nacht war eine helle, ferne, die über viel mehr als nur über der Erde zu ruhen schien; man fühlte, dass sie über Meeren lag und weit drüber hinaus über dem Raum, über sich selbst, über Sternen, die ihren Sternen entgegensahen aus unendlicher Tiefe. Das alles war in ihr gespiegelt und von ihr über die Erde gehalten und schon kaum mehr gehalten: denn es war wie ein beständiges Überfließen von Himmeln.

Ich dachte, es würde vielleicht eine Mitternachtsmette geben, und ging nach elf Uhr aus; die Gassen und Steige zwischen den Mauern lagen lang da, wie abgenommene hingebreitete Fahnentücher, schwarzweiß, aus einem Streifen Mauerschatten neben einem Streifen Licht; denn es war die erste Nacht nach dem vollen Monde, und er stand ganz hoch im Himmel und überschien scharf alle die Sterne, sodass nur da und dort ein entfernter ganz großer so stark flackerte, dass etwas Dunkelheit um ihn entstand. Wie blendeten die beschienenen Mauerränder, wie war das Laub der Oliven ganz aus Nacht gemacht, wie ausgeschnitten aus Himmeln, älteren, nicht mehr benutzten Nachthimmeln. Und die Berghänge sahen so mondhaft verfallen aus und ragten aus den Häusern empor wie Unbewältigtes. Und die Häuser waren dunkel, und wo die Holzpersianen nicht vorgezogen worden waren, hatten die Fenster den fahlen, durchscheinenden Schein blinder Augen. Auf der kleinen Piazza endlich, unter dem Uhrturm, stand ein Haufen junger Capresen in Verabredung. Aus einem kleinen Kaffeehaus, das, rot verhangen, in die finsterste Ecke eingefügt war, kam dann und wann das ungeduldige Aufrasseln eines Tamburins. Ein Torbogen überspannte eine enge Gasse, die aufwärts führte, und griff ein Stück Himmel herein mit seiner Wölbung und hielt es ihr an. Ein Schritt in Holzschuhen klappte die Häuser entlang, die Uhr hob an und schlug das letzte Viertel vor Mitternacht. Aber die Kirche war zu, wie seit Jahrzehnten verschlossen. Und was da, fernher und doch eigentümlich durchdringend, von den Olivenhängen und aus den Weingärten herüberklang, das war kein christliches Singen. Schwere Stimmen, alter schwankender Klagen voll, langgezogen, ohne Anfang, nicht als setzten sie plötzlich ein, nur: als würde das Ohr unvermutet eingeschaltet in ein immer dauerndes Tonhinhalten; Stimmen, wie wieder herausgeholt aus dem Gehör entlegener Berggesichter; Stimmen, die von selbst entstehen, als finge sich Nachtwind in der Seele eines Tieres; lange, schwere, schwankende Stimmen, Rufe und Rufreihen einer uralten Naturtrunkenheit, dumpf, unbewusst, mehr ertragen als gewollt, und dazwischen Gelächter, flammenhaft hervorbrechend und sich schnell verzehrend, kurz, wach und warm wie aus einer Sommernacht, und dann wieder Mondschein; Wege, Mauern, Häuser, eine Erde aus Mondschein, aus Mondschatten, die stille hält, während es seltsam bedeutungsvoll Neujahrsmitternacht schlägt, langsam Schlag auf Schlag legend: jeder ganz glatt, ganz ausgebreitet, faltenlos, als sollte er so aufbewahrt werden.

Ich war wieder zu meinem kleinen Hause zurückgegangen und stand oben auf seinem Dach und wollte in dem allem ein gutes Ende sehen und einen guten Anfang in mir finden. Und nun wollen wir glauben an ein langes Jahr, das uns gegeben ist, neu, unberührt, voll nie gewesener Dinge, voll nie getaner Arbeit, voll Aufgabe, Anspruch und Zumutung; und wollen sehen, dass wirs nehmen lernen, ohne allzu viel fallen zu lassen von dem, was es zu vergeben hat, an die, die Notwendiges, Ernstes und Großes von ihm verlangen.

An Elisabeth von der Heydt

Capri, Villa Discopoli, am 1. Januar 1907

[…] es versteht sich, dass Sie eigentlich einen richtigen Neujahrsbrief hätten haben sollen, pünktlich zu heute […] Sie werden verstehen, wie ichs meine, fühle und denke, selbst wenn ich Sie meine Wünsche nur in dieser Verkürzung sehen lasse. Hier hat eine wunderbare Mondnacht über der Ablösung der Jahre geruht, und das beginnende fing mit einem Morgen an, dem man ansah, dass es ganz neu und unbenutzt war; und das ist immerhin wichtig zu wissen, dass wir kein zurechtgemachtes, schon gebrauchtes zu leben bekommen, sondern ein wirklich neues (Ihnen muss ich jetzt nach all dem Lesen sagen: noch unaufgeschnittenes) Jahr! Alles Gute dazu also Ihnen, liebe Frau von der Heydt und Karl von der Heydt […]

An Franz Xaver Kappus

Paris, am zweiten Weihnachtstage 1908

Sie sollen wissen, lieber Herr Kappus, wie froh ich war, diesen schönen Brief von Ihnen zu haben. Die Nachrichten, die Sie mir geben, wirklich und aussprechbar, wie sie nun wieder sind, scheinen mir gut, und je länger ichs bedachte, desto mehr empfand ich sie als tatsächlich gute. Dieses wollte ich Ihnen eigentlich zum Weihnachtsabend schreiben; aber über der Arbeit, in der ich diesen Winter vielfach und ununterbrochen lebe, ist das alte Fest so schnell herangekommen, dass ich kaum mehr Zeit hatte, die nötigsten Besorgungen zu machen, viel weniger zu schreiben.

Aber gedacht hab ich an Sie in diesen Festtagen oft und mir vorgestellt, wie still Sie sein müssen in Ihrem einsamen Fort zwischen den leeren Bergen, über die sich jene großen südlichen Winde stürzen, als wollten sie sie in großen Stücken verschlingen.

Die Stille muss immens sein, in der solche Geräusche und Bewegungen Raum haben, und wenn man denkt, dass zu allem noch des entfernten Meeres Gegenwart hinzukommt und mittönt, vielleicht als der innerste Ton in dieser vorhistorischen Harmonie, so kann man Ihnen nur wünschen, dass Sie vertrauensvoll und geduldig die großartige Einsamkeit an sich arbeiten lassen, die nicht mehr aus Ihrem Leben wird zu streichen sein; die in allem, was Ihnen zu erleben und zu tun bevorsteht, als ein anonymer Einfluss fortgesetzt und leise entscheidend wirken wird, etwa wie in uns Blut von Vorfahren sich unablässig bewegt und sich mit unserm eigenen zu dem Einzigen, nicht Wiederholbaren zusammensetzt, das wir an jeder Wendung unseres Lebens sind.

Ja: ich freue mich, dass Sie diese feste, sagbare Existenz mit sich haben, diesen Titel, diese Uniform, diesen Dienst, alles dieses Greifbare und Beschränkte, das in solchen Umgebungen mit einer gleich isolierten nicht zahlreichen Mannschaft Ernst und Notwendigkeit annimmt, über das Spielerische und Zeithinbringende des militärischen Berufs hinaus eine wachsame Verwendung bedeutet und eine selbstständige Aufmerksamkeit nicht nur zulässt, sondern geradezu erzieht. Und dass wir in Verhältnissen sind, die an uns arbeiten, die uns vor große natürliche Dinge stellen von Zeit zu Zeit, das ist alles, was nottut.

Auch die Kunst ist nur eine Art zu leben, und man kann sich, irgendwie lebend, ohne es zu wissen, auf sie vorbereiten; in jedem Wirklichen ist man ihr näher und benachbarter als in den unwirklichen halbartistischen Berufen, die, indem sie eine Kunstnähe vorspiegeln, das Dasein aller Kunst praktisch leugnen und angreifen, wie etwa der ganze Journalismus es tut und fast alle Kritik und drei viertel dessen, was Literatur heißt und heißen will. Ich freue mich, mit einem Wort, dass Sie die Gefahr, dahinein zu geraten, überstanden haben und irgendwo in einer rauen Realität einsam und mutig sind. Möchte das Jahr, das bevorsteht, Sie darin erhalten und bestärken.

An Hedwig Fischer

Paris, am 21. Dezember 1909

Liebe, herzlich verehrte Frau Fischer, in diesem mageren Jahr fehlt mir nun auch die Freude, Ihnen etwas Fertiges auf den Weihnachtstisch zu legen, aber lassen Sie mich wenigstens mich bei Ihnen in Erinnerung bringen, indem ich Ihnen zum Fest ein aufrichtiges Gedenken und viele Grüße ergebener Freundschaft sende. Ich stecke so in Arbeit (endlich, endlich wieder!), dass ich gar nicht aufsehen mag, zumal mir schon Anfang Januar Packen, Umzug und Reise bevorsteht. Ich soll in einigen Städten sprechen und komme dann langsam über Elberfeld, Leipzig, Jena nach Berlin, für das ich mir vor allem eine stille, schöne Stunde bei Ihnen wünsche und erhoffe. Einen guten, feierlichen Abend Ihnen und Herrn Fischer und (die es ja besonders angeht) den großen und kleinen Kindern des Hauses. Immer Ihr

Rilke

An Clara Rilke-Westhoff

Tunis, Tunisia Palace Hotel, am 17. Dez. [1910]

[...] nun mein ich fast, ich schreibe Dir das schon zum Weihnachtstag, unter allen den guten Wünschen, die ich für Euer Leben habe. In den Souks kommt manchmal so ein Augenblick, da man sich Weihnachten vorstellen kann: die kleinen Nischen hängen so voll bunter Sachen, die Stoffe sind so reichlich und überraschend, das Gold glänzt so versprechend auf, als sollte man es morgen geschenkt bekommen, und wenn dann abends dem allem gegenüber eine einzige Laterne brennt und sich bewegt, aufgeregt gleichsam von der Gegenwart alles dessen, mit dem ihr Licht sich einlässt, dann geht Tausendundeine Nacht in alles über, was in einem je Erwartung, Wunsch und Spannung war, und Weihnachten ist gar nicht so undenkbar. Aber selbst am Morgen ist es immer wieder mein Staunen, was die Sonne leistet, die durch die löcherig eingedeckten Souks hereinreicht, wie sie, da und dort einfallend, ein Grün durchsichtig, ein Rot heiß, ein Mauve unendlich hingebend macht, – heute ging man in einer Versteigerung von Gebbas und Gandourahs wie zwischen lauter Edelsteinen herum, man ging auf so einen Stoff zu und einfach hinein, in sein klares Grün, durch sein Lila durch, oder einfach weiter in einem Gelb, das immer noch vor einem war, ohne Grund, wie eine strahlende Klarheit im Himmel. – In dem Souk der Parfümeure haben wir schon einen Freund; wenn man ihm die Hand reicht, reichts für den ganzen Tag, und in der Nacht wacht man davon auf, dass einem die eigenen Finger wunderbar vergeistigt vorkommen. Ich verlangte Geraniumessenz bei ihm (die oft für Rosenwasser verkauft wird), dass ich die verlangte und nicht Rosenöl, gefiel ihm, er weihte mich ein, und so kam es zu unserer Freundschaft.

[...] Wir haben vor, in einer kleinen Kirche, die früher Moschee war, der Mitternachtsmesse beizuwohnen, wenn wir nicht zu müde sind. In jedem Fall ist des kleinen Mädchens Weihnachten, das Deins ist, auch das meinige, möge es voll Freude und hellem Segen über Ruths Herzen sein.

An Clara Rilke-Westhoff

Kairouan, am 21. Dez. 1910

Ich bin für einen Tag herübergefahren in die »heilige Stadt« Kairouan, nächst Mekka der große Pilgerort des Islam, den Sidi Okba, ein Gefährte des Propheten, aufgerichtet hat in den großen Ebenen und der sich aus seinen Zerstörungen immer wieder erhoben hat um die ungeheuere Moschee herum, in der Hunderte von Säulen aus Karthago und allen römischen Küstenkolonien zusammengekommen sind, um die dunklen zedernen Decken zu tragen und die weißen Kuppeln zu unterstützen, die heute so blendend vor den grauen, nur da und dort aufreißenden Himmeln stehn, aus denen der Regen fällt, nach dem man seit drei Tagen geschrien hat. Wie eine Vision liegt die flache weiße Stadt da in ihren rundzinnigen Wällen, mit nichts als Ebene und Gräbern um sich, wie belagert von ihren Toten, die überall vor den Mauern liegen [...]

An Elsa Bruckmann

Duino, Nabresina, Littoral Autrichien,
am 14. Dezember 1911

Meine liebe, gnädigste Frau,
seit ich hier bin (sieben Wochen sind es dem Kalender nach), steht Ihr Name auf meiner Briefliste, es ist recht beschämend für mich, dass Sie mir zuvorgekommen sind. Bei meiner Säumigkeit wird das sich vielleicht noch manchmal wiederholen, nur dürfen Sie dann nicht dem Verdacht nachgeben, ich könnte Sie vergessen haben. Völlig nicht, Sie haben gefühlt im Herbst, wie gern ich bei Ihnen war, und dabei bleibts, auch im Geiste, auch in Gedanken.

Ich stell es mir schön vor, bei Ihnen, mit Ihnen in ein neues Jahr hinüberzukommen; man kommt mit Ihnen so oft ins Neue, auch mitten im Jahr, sodass die Bewegungen sich summieren würden und wir, wie durch Stromschnellen, durch die besondere Mitternacht glitten, die die Sache entscheidet. Und wirklich, ich brauchte so eine Garantie, in ein tatsächlich neues Jahr zu treiben, mit den letzten bin ich betrogen worden, sie waren nur remis à neuf, da ich sie begann, schon am zweiten Tag kamen schlechte Stellen heraus, es waren von Gott weiß was für Herrschaften abgelegte Jahre, die unser Herrgott, der jetzt furchtbar an mir spart, noch für tragbar hielt. Ja, aber Staat war keiner damit zu machen.

Also an Neigung, sehen Sie, fehlt es nicht, und doch, aller Wahrscheinlichkeit nach, werd ich es schon hier versuchen müssen, über den Jahresgrat im Dunkeln und ganz allein hinüberzuklettern, gewissermaßen aus erziehlichen Gründen. Ich verdien es nicht anders, nämlich, ich wünschte mir seit lange, hier allein zu sein, streng allein, mich einzupuppen, zusammenzunehmen, kurz und gut, von meinem Herzen zu leben und von nichts anderem. Nun bin ich wirklich seit vorgestern ganz allein in dem alten Gemäuer, draußen das Meer, draußen der Karst, draußen der Regen, vielleicht morgen der Sturm –: nun soll sichs zeigen, was innen ist als Gegengewicht so großer und gründlicher Dinge. Also, wenn nicht ganz Unerwartetes kommt, bleiben, aushalten, stillhalten, mit einer Art Neugier nach sich selbst: ob das nicht das Richtige ist, wie? So steht es, und wenn ich jetzt mich rühre, verschiebt sich wieder alles; schließlich steht auf den Herzen, wie auf gewissen Medizinen: vor dem Einnehmen schütteln, ich bin die letzten Jahre immerzu geschüttelt worden, aber nie eingenommen, darum ists besser, ich bring es in der Stille zu Klarheit und Niederschlag.

Kassner (ich wünsch ihn Ihnen, und es ist mir eine Versuchung mehr, dass er bei Ihnen sein würde) wird Ihnen von Duino erzählen, es ist eine eigene Welt; das alte, ganz ans Meer hingetürmte Schloss hat eine ganz starke Schale, aber innen verhältnismäßig viel Fruchtfleisch, in dem es sich ziemlich saftig wohnt, wenngleich nicht ohne einige Anpassung und Müh.

Meine Frau ist, fürcht ich, nicht sehr wohl und hat deshalb Ruth noch immer nicht zu sich geholt; schade, mir ist manchmal recht angst um das Ergehen und Erziehen des kleinen Mädchens, für das so recht niemand da ist, bei allen ihren Anlagen –, vorgestern ist sie zehn Jahre geworden.

An Anton Kippenberg

Schloss Duino bei Nabresina
(österreichisches Küstenland),
Freitag [22. Dezember 1911]

Mein lieber Dr. Kippenberg,
es ist gerade noch Zeit, ich schicke Ihnen und Ihrer verehrten Frau die herzlichsten Weihnachtsgrüße: ein frohes Fest um die beiden kleinsten Herzen in dem vertrauten Haus, in dem ich mich mit einem guten teilnehmenden Gedanken übermorgen zurechtfinden werde.

Hier in dem großen festen Schloss, in dem ich allein das Regiment führe, ist Stille, Stille über Stille: das ist weihnachtlich, und die frühe Dämmerung ist es; aber die Tage, soweit sie offene Himmel haben, gehn schon ganz, über alles hinaus, nach dem Frühling zu, möcht man sagen. Immerhin, alles in allem, ists mehr Weihnachten für mich als vor einem Jahr auf afrikanischer Erde, schon um der Einsamkeit willen, die ja eher als alles andere feierlich werden kann und dann auch überall an jeder Stelle gleich feierlich. Ich bin zufrieden mit meinem Alleinsein.

An Julie Freifrau von Nordeck zur Rabenau

Schloss Duino bei Nabresina,
österreichisches Küstenland,
am 2. Januar 1912

Vor einer Stunde kam Ihre Sendung, liebste, beste Frau Nonna, mit wie viel Freude las ich Ihre guten Nachrichten. Ich wusste immer, dass sie nicht mehr lange auf sich warten lassen würden, aber nun sind sie da und tun mir alles Mögliche Gute. Und in diesem Sinn nehm ich auch den liebevollen kleinen Schal als Zeichen zunächst, dass Ihre gütigen Hände wieder an vielen gleichmäßigen Werken der Sorgfalt und des Wohltuns sind, – dann auch als den herzlichsten Beweis dafür, dass diese fürsorglichen und treuen Kräfte nicht aufhören, auch für mich zu wirken und dazusein. Gott segne Sie dafür!

Glauben Sie mir, verehrte Frau Nonna, wenn ichs nicht ganz unterdrückt hätte, Weihnachten und Neujahr zu beachten, so wären Sie unter den ganz wenigen gewesen, denen ich Grüße aus dem geschütztesten Winkel meines Herzens geschickt hätte, – im Geiste hab ichs wirklich getan, und niemand kann nachweisen, dass ich deshalb weniger wahr oder weniger wirksam war.

Ich war ganz allein hier, in einem uralten festen Schloss am Meer, das einen mit seinen innersten Mauern ein bisschen wie einen Gefangenen hält –: es kann gar nicht anders. Diese Retraite, in der ich nun schon seit mehr als zwei Monaten bin (ohne indessen Paris aufzugeben), verdank ich meinen Freunden, dem Fürsten Thurn-Taxis und der Fürstin (geb. Hohenlohe), die, als ich im Sommer bei ihnen war und sie hörten, dass ich mir meinen Winter so einsam als möglich denke, mir anboten, in diesem oft ganz verlassenen Besitz mich auszubreiten und zu wirtschaften (was ich, unterstützt von einer Haushälterin und einem alten Diener, tue).

Ach, liebe Frau Nonna, so beneidenswert das sein mag –: Capri, die Discopoli ist es nicht, was gäb ich darum, manchmal am Abend auf zwei Frauenhände zu sehen, die sich, fast geistig, in einer Handarbeit rühren –, ganz abgesehen davon, dass niemand da ist, mir einen Apfel zu schälen. Aus jenem Schauspiel und diesem Liebesdienst hab ich mir damals irgendwie

Kräfte für Jahre geholt, aber nun sind sie schon lange aufgebraucht, und es kommt nichts ähnlich Stärkendes mehr, scheint mir. Ich hab es mit manchem versucht im letzten Jahr, nichts war das Rechte –, wird es die völlig unverdünnte, die pure Einsamkeit sein?

Verkündigung über den Hirten

Seht auf, ihr Männer. Männer dort am Feuer,
die ihr den grenzenlosen Himmel kennt,
Sterndeuter, hierher! Seht, ich bin ein neuer
steigender Stern. Mein ganzes Wesen brennt
und strahlt so stark und ist so ungeheuer
voll Licht, dass mir das tiefe Firmament
nicht mehr genügt. Lasst meinen Glanz hinein
in euer Dasein: Oh, die dunklen Blicke,
die dunklen Herzen, nächtige Geschicke
die euch erfüllen. Hirten, wie allein
bin ich in euch. Auf einmal wird mir Raum.
Stauntet ihr nicht: der große Brotfruchtbaum
warf einen Schatten. Ja, das kam von mir.
Ihr Unerschrockenen, o wüsstet ihr,
wie jetzt auf eurem schauenden Gesichte
die Zukunft scheint. In diesem starken Lichte
wird viel geschehen. Euch vertrau ichs, denn
ihr seid verschwiegen; euch Gradgläubigen

redet hier alles. Glut und Regen spricht,
der Vögel Zug, der Wind und was ihr seid,
keins überwiegt und wächst zur Eitelkeit
sich mästend an. Ihr haltet nicht
die Dinge auf im Zwischenraum der Brust
um sie zu quälen. So wie seine Lust
durch einen Engel strömt, so treibt durch euch
das Irdische. Und wenn ein Dorngesträuch
aufflammte plötzlich, dürfte noch aus ihm
der Ewige euch rufen, Cherubim,
wenn sie geruhten neben eurer Herde
einherzuschreiten, wunderten euch nicht:
ihr stürztet euch auf euer Angesicht,
betetet an und nenntet dies die Erde.

Doch dieses war. Nun soll ein Neues sein,
von dem der Erdkreis ringender sich weitet.
Was ist ein Dörnicht uns: Gott fühlt sich ein
in einer Jungfrau Schoß. Ich bin der Schein
von ihrer Innigkeit, der euch geleitet.

An Marie Fürstin von Thurn und Taxis-Hohenlohe

Hotel Reina Victoria, Ronda, Spanien,
am 17. Dezember 1912

Ich sehne mich nach einem Brief von Ihnen, verehrte Freundin, Gott weiß, wo der herumgeht – und der letzte, den ich Ihnen schrieb, ist mir ganz unrecht in der Erinnerung; was darin durchaus lebendig war, war doch nur wie aufgewärmtes Essen aus jenem in Cordoba nur in Gedanken geschriebenen Brief, im Übrigen prägte sich nichts ab als meine Unzufriedenheit mit Sevilla, mit mir, mit mir und zehnmal mit mir. Es gab wieder eine Reihe recht verdrießlicher Tage, Schmerzen körperlich und die Seele so wenig zum Aushalten gestimmt, wenn ich zufällig irgendein »Zuhause« hätte, ich wäre unbedingt nach Hause gefahren, denn zu jeder Reise, zumal zu einer durch Spanien, brauchts ein gewisses Gleichgewicht, die Gewissheit, sich auf sich verlassen zu können, aber mir stürzt die Welt jeden Augenblick völlig ein, innen im Blut, und steht dann draußen eine ganz fremde herum, so ists eine Fremdheit über die Maßen. Ich nehm mir vor, Fürstin, ich muss dem Grund dieser Malaise auf die Spur kommen, die Quelle entdecken, aus der immer wieder Übel nachkommt; kaum dass ich irgendwo ein kleines Beet habe, schon steigt diese Trübnis und überschwemmts und lässsts trostlos zurück. Und ich weiß, dass da der Arzt helfen kann, nicht ich, wenns nur der rechte wäre, – bei mir ist alles zu sehr aus einem Stück, als dass ich irgendwo leiden könnte und anderswo leisten, ich bin im Grunde so gar nicht wehfreudig, ein Schmerz nimmt mir die Welt, darum taug ich auch so völlig nicht zum Heiligen und habe nicht die mindeste Aussicht, je diesen guten Geruch zu verbreiten. (Sie habens ja erkannt und ausgesprochen, es war unerschöpflich richtig.)

Übrigens müssen Sie wissen, Fürstin, ich bin seit Cordoba von einer beinah rabiaten Antichristlichkeit, lese den Koran, er nimmt mir, stellenweise, eine Stimme an, in der ich so mit aller Kraft drinnen bin, wie der Wind in der Orgel. Hier meint man in einem Christlichen Lande zu sein, nun auch hier ists längst überstanden, christlich wars, solang man hundert Schritte vor der Stadt den Mut hatte, umzubringen;

darüber gediehen die vielen anspruchslosen Steinkreuze, auf denen einfach steht: hier starb der und der, – das war die hiesige Version des Christentums. Jetzt ist hier eine Gleichgültigkeit ohne Grenzen, leere Kirchen, vergessene Kirchen, Kapellen, die verhungern, – wirklich, man soll sich länger nicht an diesen abgegessenen Tisch setzen und die Fingerschalen, die noch herumstehen, für Nahrung ausgeben. Die Frucht ist ausgesogen, da heißts einfach, grob gesprochen, die Schalen ausspucken. Und da machen Protestanten und amerikanische Christen immer noch wieder einen Aufguss mit diesem Teegrus, der zwei Jahrtausende gezogen hat, Mohammed war auf alle Fälle das Nächste; wie ein Fluss durch ein Urgebirg, bricht er sich durch zu dem einen Gott, mit dem sich so großartig reden lässt jeden Morgen, ohne das Telefon »Christus«, in das fortwährend hineingerufen wird: Holla, wer dort? – und niemand antwortet.

Nun stellen Sie sich vor, Fürstin, ich bin drei Stunden von Gibraltar, fünf, wenn gutes Wetter ist, von Tanger –, wie michs in dieser Stimmung versucht, einmal hinüberzufahren zu den Mohren; andererseits fürcht ich, es legt sich dann eine Tünche von Licht über das dunkle, tonrote Spanien. – Vorderhand bin ich hier in Ronda (seit einer Woche), ich schickte Pascha [dem jüngsten Sohn der Fürstin] gleich ein paar Abbildungen, so sehr schien mirs wahrscheinlich, dass die unvergleichliche Erscheinung dieser auf zwei steile Felsmassen, die die enge tiefe Flussschlucht trennt, hinaufgehäuften Stadt seinem Traumbild recht gäbe; es ist unbeschreiblich, um das Ganze herum ein geräumiges Tal, beschäftigt mit seinen Feldflächen, Steineichen und Ölbäumen, und drüben entsteigt ihm wieder, wie ausgeruht, das reine Gebirg, Berg hinter Berg, und bildet die vornehmste Ferne. Was die Stadt selbst angeht, so kann sie in diesen Verhältnissen nicht anders als eigen sein, steigend und fallend, da und dort so offen in den Abgrund, dass gar kein Fenster hinzuschauen wagt, – kleine Paläste hinter Krusten von jährlicher Weiße, jeder mit farbig abgesetztem Portal, und unterm Balkon das Wappen mit etwas gedrückter Helmzier, aber im Schild deutlich, ausführlich und voll wie ein Granatapfel.

Hier wäre nun freilich auch der Ort, recht spanisch zu leben und zu wohnen, wäre nicht die Jahreszeit, wäre nicht meine mühsälige Unlust, mich mit andern Beschwerden als den nötigsten (angebornen und eifrig angeeigneten) einzulassen –, zum Überfluss hat der Teufel den Engländern eingegeben, hier ein wirklich ausgezeichnetes Hotel zu bauen, in dem ich natürlich nun wohne, neutral, teuer und wie es sich der und jener wünschen würde, und dabei bin ich schamlos genug, zu verbreiten, dass ich in Spanien reise.

Ich sage Ihnen, Fürstin (nein, nein, Sie müssen mirs glauben), es muss mit mir anders werden, von Grund aus, von Grund aus, sonst sind alle Wunder der Welt umsonst. Seh ich doch gleich hier wieder, wie viel an mich verschwendet ist [...]

Hier war die Kirche San Francisco, draußen in der südlichen Vorstadt, das erste, was ich mir entdeckte, davon erzähl ich Ihnen ein anderes Mal; es ist überhaupt Zeit, dass ich schließe und gute Weihnachten sage, ich werde viel zu Ihnen hindenken –, Zeitungen seh ich nicht, aber hoffentlich haben Sie keine Kriegsbedenken mehr, aus dem lieben guten Brief des Fürsten, der mich mit der ersten Post erreichte, die mich in Ronda eingeholt hat, seh ich, dass er Hoffnung hat und dass niemand recht einsieht, wozu ein Krieg gut sein soll [...]

Fürstin, Ihr Brief! Das heiß ich gerufen kommen. Ich schreibe gleich weiter, ohne jetzt die Gedichte zu lesen und zu besprechen (ich muss des deutschen Textes erst in meinem Gedächtnis habhaft werden, um vergleichen zu können), denn ich seh, dass Ihre Zeilen (allerdings mit der kleinen Verzögerung in Sevilla) sechs Tage gebraucht haben, und, festlich oder nicht, so hab ich doch die Ambition, dieses möchte Weihnachten bei Ihnen sein. Es ist schrecklich, dass die Kriegsgefahr immer noch nicht aus der Luft ist, die Politik legts doch sonst darauf an, schnell zu sein, es ist ein schlechter Spaß, wenn sie langsam wird wie der liebe Gott.

Was Sevilla betrifft, so sind wir bis zuletzt nicht zusammengekommen, gar nicht, obwohl die Sevillaner das Marienfest sehr persönlich nahmen und eine ganze Oktave von Zeremonien bevorstand, deren Anfang ich gerade noch mitmachte. Mir war die Kathedrale so von Grund aus zuwider, ja feindlich, nirgends wirds ernst, es ist etwas Vages, Ausweichendes in diesem ehrgeizig hinaufgebauten Dom, ein Geist des Übertrumpfens, der auch Gott noch übertrumpfen und ihn, gewissermaßen, von oben zu fassen bekommen möchte. Und die infame Orgel machte den Raum so süß mit ihrer verhätschelten Stimme, dass den kolossalen Pfeilern ganz schwach wurde, es war einem gleichgültig, dieses Steinerweichen, ein Kunststück, mochte es so weit gehen, wie es wollte.

[...] Aber: Weihnachten, Weihnachtsgrüße Ihnen, dem Fürsten, den Mzellern von ganzem Herzen. Wissen Sie, dass gerade in der Weihnachtsnacht Vollmond ist: wie wird das Ihrer weißen Welt zu ihrem silbernen Kleide stehen. Alles Liebe und Dankbare

Ihr

D. S.

An Anton Kippenberg

Hôtel Reina Victoria, Ronda, Spanien,
am 18. Dezember [1912]

Lieber Freund,
nun müssen Sie mich noch ein wenig weiter gegen Süden suchen, auf Gibraltar zu, von dem ich kaum drei Stunden Postzug entfernt bin, in Gesellschaft einigermaßen großer Berge, am Rande einer der ältesten und seltsamsten spanischen Städte, der gegenüber ich mir nichts vorzuwerfen habe, als dass ich in einem neutral europäischen Hotel wohne, das die Engländer vor ein paar Jahren eingerichtet haben, in Rücksicht auf die Sommergäste, die Algeciras und Gibraltar jährlich heraufsenden, – das aber auch jetzt im Gange ist. Zu einer anderen Jahreszeit hätte ich gewiss versucht, spanischer (und billiger) zu wohnen, aber die starke klare Bergfrische ist auch hier am offenen Kaminfeuer (das ich leider nie sehr gut vertrage) noch empfindlich genug, und ich habe wieder ein paar weniger günstige Wochen, gesundheitlich, durchzumachen gehabt,

meine alten Schmerzen in Stirn, Schläfen, Augen, durch Blutzudrang hervorgerufen, und ein paar andere Übelstände hinzu, außerdem war Sevilla mir merkwürdig unangenehm, ich sehe schon, dass auch hier die Dinge, die offenkundig im Ruf der Schönheit stehen, mir weniger bedeuten –, und so trifft es sich wunderbar, dass ich Ronda gefunden habe, in dem alles Erwünschte sich zusammenfasst: die spanischste Ortschaft, phantastisch und überaus großartig auf zwei enorme steile Gebirgsmassive hinaufgehäuft, die die enge tiefe Schlucht des Guadiaro auseinanderschneidet; die starke reine Luft, die über das weiterhin geöffnete, von Feldern, Steineichen und Ölbäumen freundlich ausgenutzte Flusstal aus den, die spannendste Ferne bildenden Gebirgen herüberweht –; schließlich das bequeme, geläufige Hotel, in dem ich vor der Hand sogar ganz allein bin (was indessen, wie ich höre, nicht von Dauer ist): Sie werden begreifen, dass alles das mich bestimmt hat, ohne zunächst weiterzuplanen, Weihnachten, womöglich auch das neue Jahr, innerhalb dieser Umstände abzuwarten [...]

Aber nun lassen Sie sich, beste Freunde, gute, frohe Weihnachten sagen, sehr von Herzen. Lassen Sie sich Fest und Feiertage recht rein geschehen, von den kleinen Herzen aus, die die Herrschaft darüber haben. Dem Museumsdirektor schickte ich einen kleinen, in Sevilla getanen Fund, nicht erinnernd, ob das Inventar der Goethe-Bibliothek diese Nummer aufweist; schlimmsten Falls ist sie dem Sammler auch als Duplikat zu gelegentlicher Tauschung erwünscht, nicht wahr?

Und nun alles Gute und Liebe.

Ihr

Rilke

An Lou Andreas-Salomé

Ronda, Spanien, Hotel Reina Victoria,
am 19. Dezember 1912

Liebe Lou,
es kommt leise, ohne Aufsehen, auf Weihnachten zu, auch hier, – lass mich Dir schreiben. Ich habe mich wieder einmal ganz auf dem Herzen, mit dem ganzen Gewicht und mit der Schwere ich weiß nicht welcher Dinge. [...]

Es liegt so nahe, dass ich jetzt zurückschau über ein Jahr, wo ich auch anfing, Dir zu schreiben, und da will mir ehrlich scheinen, dass ich mich nicht gerührt habe seither, es sei denn, ich bin im Kreis gegangen –, Gott weiß es. [...]

Die guten, generösen Asyle, wie Duino eines war und gleich darauf Venedig, haben mir nicht weit geholfen; auch kosten diese so besonders gestalteten Umgebungen jedes Mal zu viel Anpassung, sie haben ihr Dasein in zu vielfachen fremden Bedingungen, und wenn man schließlich so weit ist, dazuzugehören, so ist eben nur die Lüge fertig, dass man dazugehört. Bis in den Herbst hinein war ich in Venedig, durch liebe, freundliche Beziehungen unterhalten, aber im Grunde doch von Tag zu Tag, von Woche zu Woche bleibend, weil ich nicht wusste wohin; endlich bildete sich aus Ratlosigkeit, aus Instinkt, aus durch Jahre hin geschleppten Antrieben der Entschluss zu dieser Reise durch Spanien, eigentlich nur zu einem Aufenthalt in Toledo, und dort ankommend, dem wirklich unendlich Erwarteten und doch alle Erwartung unendlich Übertreffenden atemlos ausgesetzt, – glaubte ich mich fast schon aus der Stumpfheit gerissen und auf dem Wege zu einer weiteren Beteiligung am endgültig Daseienden, – es gibt keine Worte, mit denen ich Dir zu sagen vermöchte, wie über alles hinaus diese Stadt mitten in ihrer ungebändigten Landschaft vor mir stand, durch und durch das Nächste, das, was einen Augenblick vorher noch nicht zu ertragen gewesen wäre, strafend und aufrichtend zugleich, wie Moses, da er mit Lichthörnern vom Gebirge kam –, und doch auch wieder, nach und nach, an alles erinnernd, was je in meinem Leben nötig, stark, rein und verlässlich war. Aber schon daran (ich war vier Wochen dort), dass ich nicht geblieben bin, dass die Kälte, dass meine alten Schmerzen, der Blutzudrang in Stirn und Augen, dass das und jenes Unbehagen neben einer so großen und mir so redenden Gegenwart aufkamen, mich beschäftigten und zerstreuten, kannst Du sehen, dass ich das, was vielleicht bestimmt war, »la nouvelle opération« zu wirken, nicht bestand –, ich fuhr auf den Süden zu, ich war staunend in Cordoba, ich hatte Zeit einzusehen, dass Sevilla nichts für mich sei, etwas zog mich nach Ronda –, und hier bin ich nun und erwarte mir in dieser nicht weniger unerhörten Umgebung zunächst nur eine bessere Verteilung meines quälenden Bluts durch den Einfluss der hohen reinen Luft, die aus den im Umkreis aufgeschlagenen Bergen überall in die ihrerseits steil hinaufgehaltene Stadt herüberstreicht.

Wenn ich am Morgen aufwache, so liegt vor meinem offenen Fenster im reinen Raum, ausgeruht, das Gebirg; wie stell ichs nur an, dass mich das nicht innen bewegt, vor vier, fünf Jahren noch konnte ein Sonnenaufgang, bei der Überfahrt von Capri auf Neapel zu, mich von Kopf bis Fuß in lauter Freude verwandeln, in ganz neue, noch nicht dagewesene Freude, die an mir entsprang und zu allem hinzukam wie eine gefundene Quelle, und jetzt sitz ich da und schau und schau, bis mir die Augen wehtun, und zeig mirs und sag mirs vor, als sollt ichs auswendig lernen, und habs doch nicht und bin so recht einer, dems nicht gedeiht. [...]

Ich mache weite, weite Wege hier draußen, für ein paar Stunden zuweilen ist die Sonne so, dass man bei einer Steineiche rasten kann, dann tut mirs eine kleine Vogelstimme zulieb, oder das Rauschen aus der tiefen Flussschlucht macht alles, was war, und alles, was sein kann, überflüssig. Aber im Gehen überleg ich so vieles, – vom 1. Januar an gehört mir ein Atelier in Paris, ich sah voraus, dass, wie diese Reise auch ausfällt, es für mich das Wichtigste sein wird, gleich hernach an eine eigene unabhängige Stelle zu kommen, damit hatte ich gewiss recht. [...]

Ich muss Dir sagen, Lou, ich habe das Gefühl, als ob das, was mir hülfe, eine Umgebung wäre, ähnlich der, wie ich bei Dir sie in Schmargendorf gehabt habe, lange Gänge im Wald, barfuß gehen und Tag und Nacht den Bart wachsen lassen, eine Lampe haben am Abend, ein warmes Zimmer, und den Mond, sooft es ihm passt, und die Sterne, wenn sie da sind, und sonst sitzen und den Regen hören oder den Sturm, als wärs Gott selbst. [...]

Wo bist Du, liebe Lou? In Wien? Siehst Du Kassner? Wo wirst Du Weihnachten sein? Es ist Vollmond, gerade in der Weihnachtsnacht, denk an mich unter guten Gedanken.

Rainer

Geburt Christi

Hättest du der Einfalt nicht, wie sollte
dir geschehn, was jetzt die Nacht erhellt?
Sieh, der Gott, der über Völkern grollte,
macht sich mild und kommt in dir zur Welt.

Hast du dir ihn größer vorgestellt?

Was ist Größe? Quer durch alle Maße,
die er durchstreicht, geht sein grades Los.
Selbst ein Stern hat keine solche Straße.
Siehst du, diese Könige sind groß,

und sie schleppen dir vor deinen Schoß

Schätze, die sie für die größten halten,
und du staunst vielleicht bei dieser Gift –:
aber schau in deines Tuches Falten,
wie er jetzt schon alles übertrifft.

Aller Amber, den man weit verschifft,

jeder Goldschmuck und das Luftgewürze,
das sich trübend in die Sinne streut:
alles dieses war von rascher Kürze,
und am Ende hat man es bereut.

Aber (du wirst sehen): Er erfreut.

An Ilse Erdmann

Paris, 17, Rue Campagne Première, XIVe,
am 21. Dezember 1913

Ihre in Bonn geschriebenen Blätter habe ich heute mit besonderer Teilnehmung gelesen, umgeben, gleichsam, von dem guten Geist der untereinander befreundeten Erfahrungen, durch die wir zusammenhängen mögen. [...]

Halten Sie mich nicht für kleinherzig, wenn ich wieder mit so Wenigem antworte. Ich habe gerade in diesen Tagen überlegt, welches die Daten meiner drei letztvergangenen Weihnachten waren: vor drei Jahren Tunis, das Jahr darauf ein einsames Schloss an der adriatischen Küste, im vorigen Jahr Ronda, eine kleine alte südspanische Stadt. Wenn Sie sich vorstellen, was zwischen solchen Aufenthalten an äußeren Eindrücken Platz hat, so werden Sie verstehen, dass ich jetzt, fast ängstlich (keinen Menschen sehend), die Richtung nach innen einhalte, um nur gegen so viel mächtige Außenwelt ins Gleichgewicht zu kommen.

Seien Sie versichert, dass ich Ihnen für Ihre Briefe Dank weiß, als für etwas menschlich Reiches, das mir unverdient zufällt.

Rainer Maria Rilke

An Marie Fürstin von Thurn und Taxis-Hohenlohe

Paris, 17, rue Campagne Première, XIVe,
am 27. Dezember 1913

Das wird sich kurios anhören, aber ich schreie gleichwohl: kommen Sie nicht, Fürstin, kommen Sie nicht […]; aber ich habe ja ein Gelübde getan, niemanden anzuschauen, nicht den Mund aufzutun, außer nach innen –; wenn Sie kämen, so müsste ich entweder diesen auferlegten Zustand einhalten, (das wäre absurd) – oder wenn ich ihn doch verließe, ich habe Angst, Fürstin, ich reise dann auch schon gleich wieder oder spreche auch noch zu anderen, sowie ich einmal eine einzige schöne schöne Ausnahme mir erlaube. […]

Ich sehe keinen Menschen, es hat gefroren, es war Glatteis, es regnet, es trieft, – das ist hier der Winter, immer je drei Tage von jedem.

Ich habe von Paris über und über genug, es ist ein Ort der Verdammnis, das habe ich immer gewusst

[…] Wenn Gott Einsehen hat, so lässt er mich bald ein paar Räume auf dem Land finden, wo ich ganz nach meiner Art wüten kann und wo die Elegien aus mir den Mond anheulen dürfen von allen Seiten, wie's ihnen zumut ist. Dazu gehört dann die Möglichkeit, weite einsame Wege zu machen und eben der Mensch, der schwesterliche!!! (ach ach), der dann das Haus besorgt und gar keine Liebe hat oder so viel, dass er nichts verlangt, als wirkend und verhütend an der Grenze des Unsichtbaren dazusein. Hier der Inbegriff meiner Wünsche für 1914, 15, 16, 17 usf.

Aber für Sie, liebe Freundin, für den Fürsten hab ich eine besondere Ecke des Herzens, die recht voll ist, in Bereitschaft, möge der Himmel über das, was dort an Wünschen ist, verfügen.

Ganz und gar

Ihr D. S.

An Anton Kippenberg

Paris, 17, rue Campagne Première XVIe,
am 29. Dezember 1913

Zwar in Wirklichkeit zu Neujahr nicht bei Ihnen, lieber Freund, bin ichs doch in mehr als einem inneren Verstande und habe unzähligen Anlass dazu: im Rückblick einerseits auf ein wunderliches, nicht gerade leichtes Jahr, in dessen Wendungen Sie mich so treu und stark unterstützt haben, dass ich, mehr als jemals, Grund habe zu glauben, alle Beistände, die mir das Leben nach und nach zu dem, womit es mir Ernst ist, geleistet hätte, kämen nun in dem Ihren wie in einem Elixier zusammen; und das, weiß Gott, in einer Zeit, da mir Stärke in Tropfen musste eingegeben werden; hätt ich sie mir selbst aus tausend amorphen Umständen heraus gewinnen sollen, ich hätte es am Ende nicht vermocht, bei der inneren Absorption, in der mein Wesen sich nun fast völlig verbraucht, ohne nach außen hin aufmerksam und findig zu sein.

Aber auch nach aller erdenklichen Zukunft hin

(wenn man solche an einem Jahresabschnitt, unwillkürlich absetzend, neu in Gebrauch nimmt), auch nach dem Künftigen hin hab ich Gründe genug, von Ihnen auszugehen: denn nicht allein finde ich bei Ihnen die unmittelbarste Basis aller meiner Gebäude, ich darf sogar das Gefühl in mir gelten lassen, es würde das, wobei Sie mich gern unterstützen, immer das Richtige sein. So wenig ich selbst abzusehen weiß, was noch von mir wird erfordert werden, ich kann mir nur vorstellen, dass meine Aufgabe und Ihre Erwartung immer in dieselbe Richtung fallen, von verschiedenen Voraussetzungen aus einem näheren oder entlegenern Schnittpunkt zulaufen, in dem wir uns dann jedes Mal recht freudig aneinander gewahren und bestätigen dürfen.

Soweit von Ihnen und mir, lieber Freund, und nun völlig zu Ihnen: Dass 1914 sowohl in der lieben Innenwelt der Richterstraße als auch in den immer mächtigern Werften des Inselschiffs vertraut, liebreich und verbündet sich benähme, Lust zum Neuen anregte und Lohn aus dem Früheren in schöner Reifheit ausschälte –: soweit nicht schon Ihr eigenes Arbeitsbewusstsein aus sich selbst die vollkommensten und reinsten Belohnungen ausbildet.

Der prächtige Katalog hat mich am Weihnachtsabend lange beschäftigt, in Stimmung und Staunen erhalten: ich kann mir um alles das herum das kleine wohlbekannte Haus gar nicht mehr zusammenschließen, mir ist, als müsste es Anbauten haben rechts und links, oder es geht eben mit Zauberei zu (mit der Sie sich ja auch seit frühester Jugend beschäftigt haben).

Meine Verfassung ist die, die ich in jenem Brief an die Herrin neulich nach der Natur gezeichnet habe. Ich kann nichts voraussagen, gehe darin auf von Tag zu Tag, mich im Stillsten und Ständigsten zu versuchen, seh niemanden, erwarte nichts von mir, wissend jetzt, ja recht eigentlich ahnend, welche Paläste innen erleuchtet sein müssen und fürstlich bewohnt, damit der mindeste Lichtschein hinaus ins Ungläubige fällt auf die kleine Stelle eines künftigen Gedichts.

Und somit bin ich, in Dank und Wunsch, ausdauernd der Ihre

Rilke

Da kommst du nun du altes zahmes Fest

Da kommst du nun du altes zahmes Fest
und willst, an mein einstiges Herz gepresst,
getröstet sein. Ich soll dir sagen: Du
bist immer noch die Seligkeit von einst
und ich bin wieder dunkles Kind und tu
die stillen Augen auf in die du scheinst.
Gewiss, gewiss. Doch damals da ichs war,
und du mich schön erschrecktest, wenn die Türen
aufsprangen und dein wunderbar
nicht länger zu verhaltendes Verführen
sich stürzte über mich wie die Gefahr
zu starker Freuden: damals selbst, empfand
ich damals dich? Um jeden Gegenstand
nach dem ich griff, war Schein von deinem Scheine,
doch plötzlich ward aus ihm und meiner Hand
ein neues Ding, das bange, fast gemeine
Ding, das besitzen heißt. Und ich erschrak.
O wie doch alles, eh ich es berührte,

so rein und leicht in meinem Anschaun lag.
Und wenn es auch zum Eigentum verführte,
noch war es keins. Noch haftete ihm nicht
mein Handeln an. Mein Missverstehn. Mein Wollen
es solle etwas sein, was es nicht war.
Noch war es klar
und klärte mein Gesicht.
Noch fiel es nicht, noch kam es nicht ins Rollen,
noch war es nicht das Ding, das widerspricht.
Da stand ich zögernd vor dem wundervollen
Uneigentum.
Da war es mir genug.
Da trug es mir die Augen im Gesicht.
[Dich meint ich nicht, du Fest, das schenken mag,
das gebig ist]

Vor Weihnachten 1914
Entwurf

An Anton Kippenberg

Berlin W 10, Bendlerstraße 6,
am 28. Dezember 1914

Mein lieber Freund,
bei mir, der ich seit Jahren keinen beherbergt habe, steht ein großer Baum, als ob ein Kind unsichtbar da wäre oder ich eines Kindes Freude leisten sollte –; liebe Freunde haben für mich gesorgt, ich nahms hin und empfands in Herzens Sehweite, hinein kommt so leicht nichts in diesen Tagen.

Ihr Fest war gut, so wie ich mirs vorstellte, von den Kindern aus, – ich habe an Sie gedacht. Gestern kam dann Ihr Brief, dem ich herzlich dankbar bin. Ich begreife durchaus, dass wir die zehntausend Mark realisieren müssen, sie sind da, und sie sind ja auch auf wunderbare Weise für diese unabsehliche Zeit uns geschenkt worden, dass sie hinüberhülfen. Und das sollen sie denn auch. Wenn es später, wenn die Welt wieder auf ihren normalen Stand eingeht, möglich sein sollte, jenes Kapital zu ergänzen oder zu restituieren, so wäre das natürlich schön; Sie scheinen diese Hoffnung irgendwie zu hegen, und ich erkenne darin Ihre alte treue Voraussicht und Fürsorge, die selbst die gegenwärtigen Umstände nicht beirren [...]

Ich habe mir vor dem Fest noch einmal Mut genommen, in die Geschäfte zu gehen, und konnte Ruth schließlich ein sehr schönes Paket zurechtmachen, sodass ich von Ihrer Güte, unter den Büchern zu wählen, nun gar nicht mehr Gebrauch machen muss: denn es waren auch zwei schöne Bücher im rechten Augenblick da.

Das Turmzimmer bleibt meine Zuversicht und wirklich mein häuslichster Gedanke; wie hier alles wird, ließ sich während der Feiertage noch nicht abschätzen.

An Anton Kippenberg

Berlin W 10, Bendlerstraße 6,
am 4. Januar 1915

Das neue Jahr war auch für mich gar kein fühlbarer Abschnitt; da doch das Kriegsjahr fortdauert, in dem wir wohnen, und allen übrigen Kalender aufhebt, bis weit in die Jahreszeit hinein. Ich habe die Nacht einsam hingebracht in mancher inneren Abrechnung und habe schließlich, beim Scheine meines noch einmal entzündeten Weihnachtsbaumes, die Psalmen gelesen, eines der wenigen Bücher, in dem man sich restlos unterbringt, mag man noch so zerstreut und ungeordnet und angefochten sein.

An Anni Mewes

München, Ainmillerstraße 34/IV,
am 19. Dezember 1918

Meine liebe Anni Mewes,
nein, es ist keine Rede davon, dass von hier Erfreuenderes zu berichten wäre; unter dem Vorwand eines großen Umsturzes arbeitet die alte Gesinnungslosigkeit weiter und tut mit sich selber unter der roten Fahne groß. Es ist furchtbar, es zu sagen: aber dies ist alles ebenso wenig wahr, wie die Aufrufe, die zum Kriege aufgefordert haben; weder dies noch jenes ist vom Geiste gemacht. [...]

Hoffentlich finden Sie nicht vorher den Insel-Almanach, ehe ich ihn Ihnen sende; wenn die Post nicht sehr langsam tut, wird er Weihnachten bei Ihnen sein. Wenn ich mich auf die Feiertage freue, so ists, weil ich sie mir einsamer einzurichten hoffe als die meisten Tage aus den letzten Wochen; wären Sie hier, so müssten Sie einen langen Abend bei mir sein, das würde ich nicht als Besuch anmerken, sondern als einen lieben natürlichen Einklang zu mir.

An Claire Studer

Sonntag (29.12.1918)

Glaub nicht, dass ich Weihnachten ganz ohne Dich zugebracht habe; Deine Klage tat mir Unrecht, und so hast Du sie schnell mit einer Tröstung eingeholt.

Die Dinge, die Du mir versprichst, hab ich noch nicht; aber wunderbare Freude sie zu erwarten. Auch ein kleiner Gegenstand, den ich Dir bestimmt habe, muss sich verspäten, vielleicht noch um eine Woche, vielleicht um zwei –, es war etwas zu handwerkern an ihm, das braucht jetzt Weile. Geduldst Du Dich? – Fast seh ich Dich nicht in Geduld, außer, wenn ich an jene Stille denke mitten in Deiner Zärtlichkeit.

Willst Du wissen, dass bei mir im Esszimmer ein kleiner silbern behängter Baum steht und sogar ein zweiter auf dem Sofatisch im Arbeitsraum –, Rosa hat sich diese Zurüstung nicht ausreden lassen.

Segne mir das Jahr, Liliane, in Deinem Herzen und, wenn Du so weit bist, so reich mir Ruhe herüber, Zukunft und Natur: diese drei.

Wenn ich, abends im Dunkel, an ganz gestreckten Armen die flachen Hände öffne, so entsteht oben an ihnen das Gefühl von Deinem spanischen Tuch. Und immer mehr glaub ich, dass dieses Tuch nichts anderes ist als Zauber, in dem eine Berührung Deines Leibes mit einer Nacht sich plötzlich, als ein Geweb, schwermütig und zärtlich erhalten hat.

Rainer

An Adelheid von der Marwitz

München, Ainmillerstraße 34/IV,
am 14. Januar 1919

Verehrtes und liebes gnädiges Fräulein, nur Krankheit könnte ein Schweigen entschuldigen, wie dieses, das ich nun monatelang gegen Sie eingehalten habe –, und ich möchte wohl versichern, dass ich krank sei, wenn ich bedenke, wie sehr mir jede Mitteilung über die Kraft geht, selbst Menschen gegenüber, zu denen ich so viel Antrieb und Anlass habe, wie gerade zu Ihnen. Mündlich überwind ich noch zuweilen die Hemmungen, die in der Bestürzung dieser furchtbaren Jahre über meine unwillkürlichste Natur hereingebrochen sind: ist mir ein Mensch wirklich gegenüber, so fass ich mich um seinetwillen, (vielleicht ein wenig mit seiner Kraft) zusammen –, soll ich aber mittels der Feder auf jemanden zugehen, so ermüd ich, wie im tiefen Sande. Trotzdem: dass Weihnachten hingehen würde, ohne dass ein mindestes Zeichen meines Gedenkens den Weg zu Ihnen antreten sollte, das hätt ich kaum für möglich gehalten. Auch da hab ich nun versagt, die Zeit ging hin, von außen bedrängt, voller Ansprüche, hinter denen allen ich zurückgeblieben bin. Aber ich darf Ihnen versichern, in den paar Momenten festerer und etwas feierlicher Besinnung, die die Gegenwart eines Christbaums von jeher mit sich bringt, hat mein Gedenken Sie nicht nur gestreift, es hat bei Ihnen verweilt, sich bei Ihnen gesammelt, hat bei Ihnen – lassen Sie mich genau sein – ausgeruht. Und es gab da einen Augenblick, wo ich voller Entschluss war, es müsse uns bald einmal eine persönliche Begegnung, Aussprache und Zuwendung vergönnt sein, bei der ich die Versündigung meines Schweigens gut machen kann.

Ob ich nun gleich die mir in lebhafter Freundschaft von Ihrem Bruder [war im September 1918 an einer Kriegsverletzung gestorben] zugedacht gewesenen Zimmer, mit dem Blick in die Weite des Parkes, nie bewohnt habe, so bin ich durchaus nicht unbeholfen nach Friedersdorf zu denken, das mir durch den Wunsch des teuren jungen Freundes, mich dort einmal aufzunehmen, schon irgendwie anvertraut worden ist. Ich bilde mir ein, kaum aufs Erraten angewiesen zu sein, mein Gefühl hat eine unbeirrte Sicherheit zu dem Hause, dem ich nun durch die Kraft des schönen und schön gewählten Vermächtnisses noch nachweisbarer verbunden bin.

Einsame Weihnachtstage in der Schweiz

An Dory Von der Mühll

Pension Villa Muralto, Locarno,
Weihnachtsabend [1919]

Liebe gnädigste Frau,
wie schön das heute in meinen stillen Abend kam, wie klar, wie fürsorglich. Ein paar Worte, dankbare, noch aus derselben Stunde.

[…] und dann, mit welcher Spannung wendete ich die Seite Ihres Briefblatts bei den Worten: »dann hätte …«

Gnädigste Frau, dieser neue Vorschlag … die Stimme sagte mir Innen: das ists, das ists, wenn sie nicht irrt –; aber wie sollte sie irren in der Weihnachtsnacht? Wirklich, so etwas ließe sich bedenken, ließe sich am Ende einrichten? Mehr als alle Beschreibung, lese ich immer wieder Ihren Satz: »Oder sollte Ihr Wunsch wohl nach wirklicher Einsamkeit und Stille gehen?« Ja das tut er, tagelang, nächtelang, er geht nach nichts anderem.

Vor Jahren, im Winter 1912, hatt ich das einmal,

Stille, Einsamkeit, wirkliche, vier, fünf Monate lang, es war unerhört. Und gerade jetzt sehn ich mich nur nach dem Einen, die damals begonnenen großen Arbeiten (Sie kennen davon noch keine) wieder aufzunehmen; dazu brauchts aber die Ununterbrochenheit und Innerlichkeit, die das Gestein hat im Innern der Berge, wenns sich zum Kristall zusammennimmt. Gestern noch dachte ich mir: wie soll ich mir das von Gott verdienen? Was tut ihm die stumme Kreatur im Mineral dafür, dass er ihr das gewährt, beschäftigt zu sein, jahrelang, mitten im Gesetz –, und er reißt sie nicht heraus: sie schafft, sie gelingt!

Und diesen Gedanken denk ich nun vor Ihrem Brief, vor Ihrer Zeichnung, die mir Haus und Verhältnisse überaus deutlich macht. Ja, dort müsste sich hausen lassen, so wie damals auf Duino, unwirsch und still, wortlos, ganz nach innen. Bis es süß wird dort innen: Cella continuata … Nein, Gäste würd ich keine rufen und beherbergen, lange nicht.

»Schönenberg«: bitte lassen Sie diesen Namen zwischen uns Bedeutung und Erwartung behalten; soweit ich seh, bleib ich fürs ganz Nächste noch hier, der kleine Anfang in meinem Pensionszimmer ist schon zu groß, als dass man ihn dürfte absterben lassen. Ein paar Trieblein müsste er doch treiben. Auch lässt sich hier abwarten, wie sich das Praktische ordnen will für die nächste Zeit, ich erwarte Nachrichten von mehreren Seiten. Aber dann …, eines Tages … Nicht wahr, ich darf Sie immer über Ab und Auf meiner Verhältnisse unterrichtet halten? Heute dank ich Ihnen und den Ihren frohmütig, dass Sie mir das geschrieben haben und so geschrieben haben und grade zum Weihnachtsabend.

Nun geh ich zur Mitternachts-Mette nach Madonna del Sasso.

Viele viele Grüße, alle, die ein guter Augenblick eingibt.

Ihr

Rilke

An Dorothea Freifrau von Ledebur

Locarno (Tessin), Schweiz, Pension Villa Muralto,
am 15. Januar 1920

Meine verehrte und liebe gnädigste Baronin, die Zeit von Weihnachten bis etwa zum Drei-Königs-Tage gibt mir immer verstärkten Anlass, derer zu gedenken, zu denen ich dauernd möchte bezogen bleiben dürfen, – und so bin ich, im Geiste auch oftmals, erinnernd, wünschend und fragend, bei Ihnen gewesen, – und wie sollte das nicht heuer mit einer besonderen Innigkeit verbunden gewesen sein, da Ihr Christfest ja einen neuen Sinn und Reichtum bekommen hat. Des kleinen Felix erster Christ-Baum: und er muss, kräftig und energisch, wie Sie ihn mir schildern konnten, sicher schon eine Aufnehmung für die augenscheinlichen Herrlichkeiten gehabt haben, die ihm da zugemutet waren. Weihnachten in Obernfelde –: das muss von einem eigenen Zauber sein, mit dem Baum im Saal und der Stille draußen, und vielleicht gabs Schnee –? Sicher, denn hier sogar fing es am 23. dicht zu schneien an, sodass die Weihnachts-Wahrscheinlichkeit, die noch eben ganz gering gewesen war, auf den Grad jener unvergleichlichen Erwartung stieg, die diesem Fest eigentümlich ist. Wieviele einsame Erinnerungen hab ich nun schon seit Jahren an diesen Abend, den ich sehr oft in Hotelzimmern zuzubringen genötigt war, in Tunis ein Jahr, im südlichen Spanien einmal, in kleinen Hotels in Paris, später dann in meiner Wohnung dort, und nun einmal auch hier, in einer tessiner Pension, – und immer, oft im letzten Moment und malgré moi, wurde es Weihnachten, oft nur weil das Holz im Ofen knisterte und man das plötzlich so heimelig-feierlich auslegen musste, ob man wollte oder nicht. Welche Kraft hat dieses eindringliche Fest, ich glaube, wir habens im Blut, wie ein Elementares, wie Ebbe und Flut, wie die Jahreszeiten, wie die Gestirne –, nun, es ist ja auch der Einfluss eines Sternes.

Mögen Sie's gut gehabt und freundlich-häuslich gefeiert haben!

An die Mutter Sophia Rilke

Schloss Berg am Irchel, Kanton Zürich, Schweiz,
am 17. Dezember 1920

Meine liebe Mama,
wieder zu unserer gesegneten Stunde das liebevollste Gedächtnis vergangenster Weihnachts-Tage und der Wunsch, es möchten Dir nun, nach so böser Zeit, mit jedem Jahr stillere Feste, friedlichere, und endlich auch wieder solche in einem kleinen, wirklich eigenen Heim vergönnt sein!

Da dies ausgesprochen ist, ist eigentlich alles ausgesprochen, denn nun heißts nicht lesen, sondern in-sich-gehen und der heiligsten Feierstunde des Jahres die Krippe im eigenen Herzen bereiten, dass sie drin, und der Heiland in ihr, recht innig wieder zur Welt kommen möge!

Was ich Dir wünsche, liebe Mama, ist, dass an diesem weihevollen Abend das Erinnern aller Not, ja das Bewusstsein der nahen Sorge und Unsicherheit des Daseins ganz aufgehalten und gewissermaßen aufgelöst sein möchte in jenem innersten Wissen um die

Gnade, der ja keine Zeit zu dicht im Verhängnis und keine Bangheit so verschlossen ist, dass sie nicht zu ihrer Zeit – die nicht die unsrige ist! – einzutreten und das scheinbar Unüberwindliche mit ihrem milden Sieg zu durchdringen wüsste. Es gibt keinen Moment im langen Jahre, wo man sich ihre immerfort mögliche Erscheinung und dann Allgegenwärtigkeit so lebhaft ins Gemüt zu rufen vermöchte, wie diese über die Jahrhunderte hin unabhängige Winternacht, die durch die unvergleichliche Hinzukunft jenes alle Wesen umwandelnden Kindes die Summe aller übrigen Erdennächte an Wert mit einem Schlag überwog und übertraf. Mag der leichte Sommer, wo das Dasein um ein Beträchtliches erträglicher und mühloser scheint, wo wir nicht so unmittelbarer Anfeindung aus der Luft und aus der heiter beschäftigten Natur uns zu erwehren haben –, mag der glücklichere Sommer uns mit Tröstungen verwöhnen, – was sind sie alle gegen die unermesslichen Trostschätze dieser außen unscheinbaren, ja armen Nacht, die nach innen zu plötzlich offen steht wie ein Alle umfassendes und wärmendes Herz und die wirklich mit Schlägen ihres glockentönigen Herzens antwortet auf unser Hinein-Horchen in den innersten Gewahrsam!

Alle Verkündigungen der Vor-Zeit reichten nicht hin, diese Nacht anzusagen, alle Hymnen, die zu ihrem Preise gesungen worden sind, reichten nicht an die Stille und Spannung heran, in der Hirten und Könige niederknieten –, so wie ja auch wir, keiner von uns, je imstande gewesen ist, während diese Wunder-Nacht ihm geschieht, die Maße seines Erlebens anzugeben.

Es ist so recht das Mysterium von dem knienden, von dem tief knienden Menschen: dass er größer sei, seiner geistigen Natur nach, als der stehende! welches in der Nacht gefeiert wird. Der Kniende, der sich ganz ans Knien gibt, verliert allerdings das Maß seiner Umgebung, selbst aufschauend, wüsste er nicht mehr zu sagen, was groß und was klein ist. Aber ob er gleich in seiner Abgebogenheit kaum die Höhe eines Kindes hat, so ist er, dieser Kniende, doch nicht klein zu nennen. Mit ihm verschiebt sich die Skala, denn er, indem er der eigentümlichen Schwere und Kraft in seinen Knien folgt, und die Stellung einnimmt, die sich zu ihnen hinbezieht, gehört bereits zu jener Welt, in der Höhe – Tiefe ist, – und wenn schon Höhe unserem Blick und unseren Apparaten un-ermesslich bleibt –: wer ermäße die Tiefe?

Dieses aber ist die Nacht der aufgetanen strahlenden Tiefe –: möge sie Dir, liebe Mama, geweiht und gesegnet sein. Amen.

Für die Sechs-Uhr-Stunde der Weihnacht 1920.

René

An Carl Jacob Burckhardt

Schloss Berg am Irchel, Kanton Zürich, Schweiz,
am 21. Dezember 1920

Lieber Carl Burckhardt,
[...] und mit dem Eintreffen dieser Koffer, Kisten und Körbe ist nun das hiesige Dasein vollständig geworden; war es schon von Anfang an ganz auf Abschluss und Abgeschiedenheit gestellt, so hat der einfallende Schnee Haus und Park gleichsam noch weiter abgerückt, und sollte auch das noch nicht genügen, so sorgen die wegen der Maul- und Klauenseuche ausgegebenen Verordnungen dafür, dass die strengen Wegsperren jeden Verkehr zu mir, aber auch den meinigen hinaus, ungefähr unmöglich machen. Meine innere Wirrnis, in die so viel Zerstörendes eingedrungen war, während der Weltverhängnisse, bedarf, um sich zu ordnen, eine derartige, wenn man will, übertriebene Abschließung für eine Weile, – ich muss wirklich sicher sein dürfen, dass, eine große Zeit lang, nichts – außer was etwa aus der Natur herein-

wirkt, oder durch inkommensurable Bewegungen im Innersten erzeugt, – dass nichts hinzukomme, wenn anders ich mit dem fertig werden soll, was mein Gemüt überfüllt, nicht weil es zu viel wäre, aber weil ich nicht die Kraft hatte, es darin beherrscht und wesentlich unterzubringen. So fass ich meine gegenwärtige Lage am besten zusammen, wenn ich sage, dass sie allen meinen Neigungen entspricht –, das irgendwie Beunruhigende an ihr wäre höchstens dies, dass ihre wunderbare Zusäglichkeit mir nun die äußersten Verpflichtungen zur Leistung auferlegt, – aber da ich schließlich nichts wünsche als sie, diese endliche Vollbringung unterbrochner und gefährdeter Aufgaben, – so wird man auch an diesem Punkte (soweit menschliche Kraft ausreicht) sich zu einigen wissen.

Welcher Segen, dass ich vorher jene Tage in Paris hatte! Ohne diese Anknüpfung an mein früheres Dasein (an alle meine schweren Lernjahre), durch die mir erst mein vollzähliges Bewusstsein wiederum eingerichtet und, sozusagen, der große Kreislauf meines geistigen Atems wieder eröffnet wurde, wäre die bergsche Abgeschiedenheit nicht halb so vorbereitet und so vorrätig versorgt gewesen.

An Clara Rilke-Westhoff

Château de Muzot sur Sierre, Valais,
am 20. Dezember 1922

Liebe Clara,
Dein Brief vom 24. November hat mich unendlich gefreut [...]

Ruth hatte mir sehr warm und glücklich geschrieben, und die schöne Konstellation unserer Geburtstage hat es mit sich gebracht, dass ich ihr, gleich darauf zu dem Ihrigen, alles erdenklich Gute zurückgeben konnte. Ich hatte gestern einen neuen fröhlichen Brief von ihr, der mir anzeigt, dass Carl [Carl Sieber, verheiratet mit Ruth Rilke] seinen Urlaub zugestanden bekommen hat: nun sind sie Beide voller Freude, Weihnachten bei Dir, in der Bredenau, zuzubringen. Ich fühle, wie schön das für Euch Alle sein wird, und mache mich im herzlichsten Gedenken auch dahin auf, um, wenigstens mit ein paar Zeilen, Euch meine Gegenwart fühlbarer zu machen. Feiert recht fröhlich und zuversichtlich das liebe alte Fest, – es kann sein, ich mache mir heuer wieder einmal auch ein kleines Bäumchen, unten in meinem Esszimmer; im Übrigen werden die Feiertage den übrigen genau gleichen, es sei denn, dass ich mir ein bisschen Brief-Ruhe gönne und mich den Büchern zuwende, die auf ruhige Lesestunden warten. Seit meine alte Wirtschafterin wieder da ist, geht nun alles seinen gewohnten gleichmäßigen Gang, was mir außerordentlich wohltuend ist –, nur, selbst in dieser Abgelegenheit, die Zeit geht etwas zu schnell: Weihnachten ist herangekommen, ich weiß nicht wie!

Mein Geschenk für Ruth hab ich, zusammen mit der Geburtstagsgabe, schon zum 12ten nach Alt-Jocketa gerichtet und sehe aus Ruths lieben Worten, dass es ihr so das willkommenste war. – Dir dachte ich die neuen Bücher schicken zu können (die Ruth selbstverständlich auch bekommt), aber die Insel hat mir noch nichts angemeldet, ich glaube nicht, dass Drucker und Buchbinder rechtzeitig fertig geworden sind. So kommt nur ein grünes Insel-Schiff-Heft mit einigen Sonetten als Vorgeschmack (falls Du es nicht überhaupt schon besitzen solltest). Und ein schönes Bild von Rodin und Mme Rodin aus der allerletzten Zeit, das ein Recht hat, einem die beiden Menschen endgültig vorzustellen: so kannten wir sie doch schließlich! [...]

Alles Liebe, meine liebe Clara, Dir und den Kindern! Wie gesagt: ich bin im Geiste mit Euch! (Grüße auch für Großmutter und Helmuth.) Und einen Gruß dem neuen Freund Pinto, für den ich sehr viel Sinn habe!

Euer

Rainer-Maria

An Regina Ullmann

Château de Muzot sur Sierre (Valais), Schweiz,
am 20. Februar 1923

Meine gute Regina,
Dein Brief war voll Deiner, wie ein Weihnachtskuchen, als der er ja auch geschrieben war! voll Mehl, Gewürz und Mandeln, und dass er liegen blieb, hat ihn nicht alt gemacht; nun aber halt ich mich an die neuere, mit Bleistift hinzugefügte Nachschrift, die ihm eine wirkliche Aktualität verleiht. – Ich bin recht traurig, Regina, dass ich Dich – am 5. März in Basel – nicht werde lesen hören! So klein mir die Schweiz oft erschien, für diesen Fall ist sie nun doch zu groß: Du wirst an dem einen Ende sein, ich wohne am anderen, – und »wohne« wahrhaftig, bin unendlich unbeweglich, ein Gefangener meiner selbst in meinem alten Turm. Gründe praktischer Art und anderer kommen zusammen, um mir das Reisen abzuschneiden –, ich habe die drei Teppiche des Hauses, einen nach dem anderen, befragt: keiner fliegt! Und auch Du wirst wohl in

Deinem Baseler Hotelzimmer keinen Bettvorleger finden, der fähig wäre, Dich über die ganze Schweiz vor meine Tür zu heben? (Die dann freilich groß vor dir aufginge.) Wie gerne sähe ich Dich wieder und vernähme das Deinige: Leben und Arbeit. [...] Auf Wiedersehen sag ich immerhin, so sehr wünsch ich es, für bald oder überbald!

Rainer

An Clara Rilke-Westhoff

Château de Muzot sur Sierre (Valais), Schweiz,
am 21. Dezember 1923

Meine liebe Clara,
ich habe alle Seiten Deines langen Briefes (vom 12ten) mit außerordentlicher Freude und Einsicht gelesen und danke Dir, dass Du, trotz aller Beschäftigungen und Vorbereitungen zu Deiner Reise, Zeit gefunden hast, mir so ausführlich zu schreiben. Die Verhältnisse auf Alt-Jocketa hast Du mir so klar vorgestellt, dass ich nun, aus den wenigen Zeilen, das Dortige fast schon zu kennen meine. Ich bin voller Freude, dass, mitten in so viel allgemeinen Schwierigkeiten, das Leben Ruths doch ein im ganzen beschütztes und begünstigtes ist und – was mir das Beste scheint – auf so einfacher Grundlage begünstigt, dass diese Begünstigung kein schlechtes Gewissen mit sich bringt, hingegen ausreicht, um den Werten des wirklichen Lebens zugänglich zu bleiben. Was die Apfel-Not angeht, so habe ich ihr sofort abzuhelfen versucht: erst, im Kleinen, durch ein »Liebesgaben-Paket« aus meinen eigenen stattli-

chen Vorräten (meine Calvillen sind heuer wahre »pièces de choix« geworden!), dann aber auch, indem ich die Züricher –, d. h. Meilener Freunde bat, in meinem Auftrage, noch eine andere, größere Sendung einzurichten; ich müsste mich übrigens sehr irren, wenn diese Bitte in Meilen nicht schon einen gleichgerichteten Impuls vorgefunden haben sollte ...; wahrscheinlich wird das dortige Paket auch noch die übrigen Vorräte Ruths an Haferflocken, Tee, Kaffee usw. ergänzen kommen, denn ich kenne die gute und ständige Fürsorge, die dort für mich besteht und die sich ja schon mehrmals, selbsttätig, auf Ruth erstreckt hat!

Mit meinem eigentlichen kleinen Weihnachtsgeschenk an Ruth und Christine hatte ich die Insel beauftragt: ich dachte mir, dass, jeder von ihnen, je fünfzig Schweizer Francs erwünscht sein könnten. Diese Beiträge werden wohl, bei der Pünktlichkeit Professor Kippenbergs, rechtzeitig zum Fest in Jocketa eintreffen, wogegen meine Äpfel ihre Zeit nehmen werden; ich hoffe aber, dass sie, gesund und reisekalt, so ungefähr um Neujahr sich werden dort auspacken lassen.

Meine Weihnachtswünsche sprech ich Dir, meine liebe Clara, über leeren Händen aus, obzwar ja Hände nie leer sind, die sich wirklich reichen. Das kleine

Bändchen anbei lässt sich nicht für ein Geschenk rechnen, es liegt leicht auf der Waage; erst die Ausgabe des ganzen Buches, die derselbe Übersetzer – ein junger Elsässer – vorbereitet, wird vielleicht etwas Gewicht haben. Immerhin wirds auch Dich freuen, einen französischen Malte kennenzulernen (: nimm ihn, handlich und taschlich, wie er ist, als Reise-Lektüre mit nach Holland). Vor vier Jahren etwa las ich, mit Entzücken, die dänische Version; auch diese französische (die genau und gehorsam dem Text zu folgen unternimmt und nur ab und zu einmal fehlschlägt) hat ihren Reiz –, und beide sind sie mir wie eine Probe auf die Echtheit der Figur, die das eine Mal ganz in ihr Milieu, das andere Mal in den Wortlaut ihrer imaginären dänischen Heimat eingesetzt erscheint.

Aber indem ich Dir diese kleine Drucksache reiche, fehlt es mir, Dir nicht einen richtigen Buch-Wunsch erfüllen zu können. Gibt es nicht einen, den Du mir vorschlagen möchtest? Tu's, bitte, damit ich mich nachträglich noch etwas weihnachtlicher erweise! [...] Sei froh und freudig in der täglichen Besitznahme dieses »Deines Besten«, liebe Clara, und hab ein Dir innerlich zustimmendes Weihnachten!

Rainer-Maria

Quellenverzeichnis

Gedichte Rainer Maria Rilke, Gedichte. Berlin, Darmstadt, Wien 1966

Briefe I Rainer Maria Rilke, Briefe und Tagebücher aus der Frühzeit 1899–1902. Hrsg. von Ruth Sieber-Rilke und Carl Sieber. Leipzig 1931

Briefe II Rainer Maria Rilke, Briefe aus den Jahren 1906 bis 1907. Hrsg. von Ruth Sieber-Rilke und Carl Sieber. Leipzig 1930

Briefe III Rainer Maria Rilke, Briefe. Erster Band 1897 bis 1914. Hrsg. vom Rilke-Archiv in Weimar, in Verbindung mit Ruth Sieber-Rilke, besorgt durch Karl Altheim. Wiesbaden 1950

Briefe IV Rainer Maria Rilke, Briefe. Zweiter Band 1914 bis 1926. Hrsg. vom Rilke-Archiv in Weimar, in Verbindung mit Ruth Sieber-Rilke, besorgt durch Karl Altheim. Leipzig 1930

Briefe V Rainer Maria Rilke, Briefe aus den Jahren 1914 bis 1921. Hrsg. von Ruth Sieber-Rilke und Carl Sieber. Leipzig 1937

Briefe VI R. M. Rilke, Briefe – An das Ehepaar S. Fischer. Hrsg. von Hedwig Fischer. Zürich 1947

Briefe an einen Dichter Rainer Maria Rilke, Briefe an einen jungen Dichter. Leipzig 1929

Briefe an seinen Verleger I Rainer Maria Rilke, Briefe an seinen Verleger 1906–1926. Neue erweiterte Ausgabe. Erster Band. Hrsg. von Ruth Sieber-Rilke und Carl Sieber. Leipzig 1949

Briefe an seinen Verleger II Rainer Maria Rilke, Briefe an seinen Verleger 1906–1926. Neue erweiterte Ausgabe. Zweiter Band. Hrsg. von Ruth Sieber-Rilke und Carl Sieber. Leipzig 1949

Briefe aus Muzot Rainer Maria Rilke, Briefe aus Muzot. Hrsg. von Ruth Sieber-Rilke und Carl Sieber. Leipzig 1937

Briefe an Otto Modersohn Hans Woltmann, Otto Modersohn. Im Anhang Briefe Rilkes an Modersohn. Stade 1941

Worpswede Rainer Maria Rilke, Worpswede. Fritz Mackensen, Otto Modersohn, Fritz Overbeck, Hans am Ende, Heinrich Vogeler. Bielefeld, Leipzig 1903

Motto

Hedwig Fischer; Briefe VI.

Dezembertage eines jungen Dichters

Wintermorgen; Gedichte.
An Clara Westhoff; Briefe I.
An der Ecke; Gedichte.
An Otto Modersohn und Paula Modersohn-Becker; Briefe I und Briefe an Otto Modersohn.
Die Heiligen Drei Könige; Gedichte.
An Gerhart Hauptmann; Briefe I.
Advent; Gedichte.
An Franziska Gräfin zu Reventlow; Briefe I.
Die hohen Tannen atmen heiser; Gedichte.
An Otto Modersohn; Briefe an Otto Modersohn.
Der Abend kommt von weit gegangen; Gedichte.
Worpswede im Winter; Worpswede.

An Franz Xaver Kappus; Briefe an einen Dichter.
An Karl und Elisabeth von der Heydt; Briefe II.
An Hedwig Fischer; Briefe VI.
An Lili Gräfin von Kanitz-Menar; Briefe II.
An Clara Rilke-Westhoff; Briefe III.
An die Cousine Irene von Kutschera; Briefe II.
An Elisabeth von der Heydt; Briefe II.
An Samuel Fischer; Briefe II.
An Clara Rilke-Westhoff; Briefe II.
An Elisabeth von der Heydt; Briefe II.
An Franz Xaver Kappus; Briefe an einen Dichter.
An Hedwig Fischer; Briefe VI.
An Clara Rilke-Westhoff; Briefe III.
An Clara Rilke-Westhoff; Briefe III.
An Elsa Bruckmann; Briefe III.
An Anton Kippenberg; Briefe an seinen Verleger I.
An Julie Freifrau von Nordeck zur Rabenau; Briefe III.
Verkündigung über den Hirten; Gedichte.
An Marie Fürstin von Thurn und Taxis-Hohenlohe; Briefe III.
An Anton Kippenberg; Briefe an seinen Verleger I.
An Lou Andreas-Salomé; Briefe III.
Geburt Christi; Gedichte.
An Ilse Erdmann; Briefe III.
An Marie Fürstin von Thurn und Taxis-Hohenlohe; Briefe III.
An Anton Kippenberg; Briefe III.
Da kommst du nun du altes zahmes Fest; Gedichte.
An Anton Kippenberg; Briefe an seinen Verleger II.
An Anton Kippenberg; Briefe IV.

An Anni Mewes; Briefe IV.
An Claire Studer, später verheiratete Goll; Briefe IV.
An Adelheid von der Marwitz; Briefe IV.

Einsame Weihnachtstage in der Schweiz

An Dory Von der Mühll, geb. Burckhardt; Briefe IV.
An Dorothea Freifrau von Ledebur; Briefe V.
An die Mutter Sophia Rilke; Briefe V.
An Carl Jacob Burckhardt; Briefe V.
An Clara Rilke-Westhoff; Briefe aus Muzot.
An Regina Ullmann; Briefe aus Muzot.
An Clara Rilke-Westhoff; Briefe aus Muzot.